Pizza in der Gerichtskantine

Bibliografische Information der Deutschen
Nationalbibliothek:
Die Deutsche Nationalbibliothek verzeichnet
diese Publikation in der Deutschen
Nationalbibliografie; detaillierte
bibliografische Daten sind im Internet
über dnb.d-nb.de abrufbar.

TWENTYSIX – der Self-Pushing-Verlag
Eine Kooperation zwischen der Verlagsgruppe
Random House und Books on Demand
© 2020 Leopold, Laura
Herstellung und Verlag:
BoD – Books on Demand, Norderstedt

ISBN: 9783740764869

Inhaltsverzeichnis:

Pizza in der Gerichtskantine

„Solltest du nicht vorausschicken, dass die Handlung frei erfunden ist und Ähnlichkeiten mit lebenden Personen rein zufällig sind?" fragte Annegrets Mann, als sie ihm ihre Geschichte vorzulesen begann. „Ist vielleicht besser! Also, Ähnlichkeiten mit lebenden Personen sind rein zufällig, da die nachfolgende Geschichte meiner Phantasie entsprungen ist. Besser so?"

Sie räusperte sich und las laut:

„Das Gericht hat nach intensiver Beratung keine Haftentscheidung gefällt. Dass die Angeklagten zu jedem Verhandlungstermin erschienen waren, selbst dann noch, als sie erkennen konnten, wie der Prozess zu kippen begann, hat diese Entscheidung beeinflusst. Zudem ist das Urteil noch nicht rechtskräftig. Fluchtgefahr besteht nach Auffassung des Gerichtes nicht", verkündete der Vorsitzende des erweiterten Schöffengerichtes am Amtsgericht Hagen. „Revision ist bei Verfahrensfehlern einen Monat nach der Zustellung des schriftlichen Urteils zugelassen. Sie muss durch einen Anwalt eingelegt und begründet werden."

Am elften Verhandlungstag fand der Prozess gegen ein Verlegerehepaar ein vorläufiges Ende. Der Angeklagte wurde zu vier Jahren und drei Monaten und seine Ehefrau zu drei Jahren und neun Monaten Haft verurteilt. Bewährung war wegen der Strafhöhe ausgeschlossen. Sie wurden in dreiundzwanzig vollendeten Delikten verurteilt, die wegen der Vorgehensweise als besonders schwere Fälle beurteilt wurden. Gewerbsmäßig und auf Dauer angelegt sei die Tätigkeit der Verurteilten gewesen, die bereits einschlägig vorbestraft waren. Verantwortungslos und aus Gewinnsucht hätten beide gehandelt, als sie fortlaufend, ohne großes Risiko, von immer neuen Leuten Geld erschwindelten, ohne die vereinbarten Verpflichtungen zu erbringen. Von Anfang an sei geplant gewesen, mit möglichst wenig Aufwand möglichst wenig Arbeit zu leisten. Ungenügend organisierte und nicht vorhandene Firmenstrukturen hätten eine Nicht- oder Schlechterfüllung der Verträge zur Folge gehabt. Verschärfend bezeichnete es das Gericht, dass die Taten während einer laufenden Bewährung ausgeführt wurden.

Die Eitelkeiten von Menschen, die glauben,

befähigt zum Schreiben zu sein, wurden ausgenutzt! Bundesweit wurden Autoren durch Zeitungsannoncen des Inhalts geworben: „Seriöser Verlag sucht Autoren". Über die wahren Absichten getäuscht, trugen die Autoren das gesamte Risiko als so genannte „Stille Mitverleger". In Standardbriefen wurde den Schreibenden jahrelange fachliche Erfahrung vorgespielt und ihnen mitgeteilt, dass sich der Verlag zur Veröffentlichung ihrer Bücher entschließen würde, wenn die Autoren bereit seien, einen Druckkostenzuschuss zu leisten. Damit würde sich das Risiko aufteilen, das bei unbekannten Autoren, trotz der Prüfung durch vier Verlagsmitarbeiter - in einigen Fällen lautete der Texte, es seien vier Fachleute gewesen - immer bestehe.

Die Verurteilten wirkten beim Verkünden des Urteils versteinert.

Bis zum letzten Moment hatten die Heimanns mit einem Freispruch gerechnet, den ihre Verteidiger in ihren Plädoyers gefordert hatten. Lothar Heimanns Anwalt konnte keinen Schaden erkennen und sah so den Betrugstatbestand nicht erfüllt. Sein Mandant habe Leistungen erbracht, die im Einzelfall möglicherweise im Ergebnis nicht den Vorstellungen der Autoren entsprachen, aber es sei nicht immer leicht, mit dieser Klientel umzugehen. Im Höchstfall sei eine Schlechterfüllung von Verträgen gegeben. Wenn man jedoch hierfür vor Gericht gestellt würde, müsse die gesamte Baubranche angeklagt werden, meinte er.

Dieses Beispiel war, so fanden viele in dem Gerichtssaal, ganz besonders in dem Fall des Ehepaares Heimann schlecht gewählt, weil sie sechs Jahre zuvor wegen Betrügereien mit einer von ihnen gegründeten Firma zur Erstellung schlüsselfertiger Häuser zu zur Bewährung ausgesetzten Haftstrafen verurteilt wurden.

Der Verteidiger hatte sich offensichtlich auf sein Plädoyer vorbereitet, wirkte nicht ganz so ahnungslos und verhaspelte sich weniger als an den vorherigen Prozesstagen.

Auch der Verteidiger von Dagmar Heimann schloss sich inhaltlich dem guten, wie er meinte, Plädoyer seines Kollegen an und „...war noch nie so überzeugt davon, dass keine strafbare Handlung vorliegt, als nach den Plädoyers des Staatsanwalts und seines Vorredners." Er forderte ebenfalls für seine

Mandantin einen Freispruch.

Bei der ausführlichen Urteilsbegründung schien sich die Angespanntheit der Angeklagten geringfügig zu lösen.

Manchmal lachte der Verleger sein schäbiges Lachen und ließ die Ausführungen des Vorsitzenden Richters absurd erscheinen, während sich sein Hals anspannte und seine linke Schulter zuckte. Sein Gesicht war krebsrot.

Seine Frau schüttelte häufig ungläubig den Kopf und schien nicht zu verstehen, wovon und von wem hier die Rede war. Sie hatte tiefrote, die Wangen überziehende Flecken, die von blutleeren Stellen kontrastiert wurden.

Zeitweise hätten die beiden Angeklagten den wenigen Prozessbeobachtern fast Leid tun können, wären sie nicht selbst von ihnen übervorteilt worden.

Da waren die Autorin, die täglich mit ihrem Mann aus Dortmund anreiste und ein ehemaliger Freund des Ehepaares, den es um sechzigtausend Euro zu prellen versucht hatte.

Die Zuschauer hörten das Schlusswort des Lothar Heimann, in dem er das Gericht bat, nicht das Leben zweier Menschen zu zerstören und die Vorverurteilungen für Taten, die fast fünfzehn Jahre zurückliegen, bei der Urteilsfindung unberücksichtigt zu lassen.

Sein Appell wirkte rührend und seine Frau weinte an der passenden Stelle.

Die enttäuschten Hoffnungen, die Trauer und Wut ihrer Opfer, deren finanzielle Bedrängnisse, in einigen Fällen gar deren finanzieller Ruin, interessierte sie nicht.

Sie hatten ausschließlich ihr eigenes Wohlergehen im Blick.

Schon im vorherigen Urteil hieß es, die Angeklagten suchten nach Erwerbsquellen, um sich auf Kosten anderer ihren gutbürgerlichen Lebensstandard zu erhalten. Der bestand aus einem geleasten Spitzenklasseauto, einem gemieteten Haus, guter Garderobe, Restaurantbesuchen und Reisen.

In Gaststätten ließ man sich als erfolgreiches Verlegerpaar feiern, wurde hofiert, gab Lokalrunden, fand neue Geldanleger, zeigte sich gegenüber potentiellen Opfern charmant und wortgewandt, war stets auf der Suche nach Investoren und trieb manchen in den Ruin.

Die Erinnerung kam wie durch einen Nebel und wurde im Verlaufe der Zeit zur Gewissheit. Schon vor sehr langer Zeit war Annegret diesem kräftigen, blondhaarigen

Mann bereits begegnet.

Damals war er Immobilienmakler in Herne. Er besuchte ihren Bruder, der Investitionen in Spanien tätigen wollte, und stellte wortreich und gewinnverheißend ein Projekt in Rosas vor.

Es stünde kurz vor dem Abschluss, könne zurzeit nicht weitergeführt werden, weil ein Investor aus anderen Gründen in Insolvenz geraten sei. Das Objekt stelle eine lohnende Möglichkeit dar, Schwarzgeld anzulegen, führte er aus. Er redete viel, verbreitete Optimismus, setzte sein damals noch sympathisches Lachen ein und schürte die Profitgier seiner Interessenten.

Annegret war von ihrem Bruder zu diesem Gespräch hinzugezogen worden, um das Auftreten und die Glaubwürdigkeit des Immobilienmaklers und seines Angebotes zu beurteilen.

Er konnte sie nicht überzeugen und erschien nicht seriös! Ihr Bruder war von dem Schönredner angetan und führte ein weiteres Gespräch mit ihm, an dem sie sich nicht beteiligte.

Schon damals träumte Lothar Heimann davon, erfolgreicher Unternehmer zu sein. Der Traum endete vier Jahre nach der Firmengründung durch Konkurs.

Die Neubauruine in Rosas wurde übrigens erst rund fünfzehn Jahre später fertig.

Ihr nächster Kontakt zu ihm kam über zwei Jahrzehnte später zustande.

Dieses Mal war es die Autorin, die um ein Treffen bat.

Die Erinnerung an die Beteiligung am Rosas-Projekt stieg sehr langsam in ihr hoch. Ob es die Geste war, mit der er mit dem Handrücken unter dem Kinn entlang streifte? Sie konnte nicht genau sagen, was sie sicher werden ließ, diesem Mann vor Langem bereits als Immobilienmakler begegnet zu sein.

Inzwischen hatte sie ihrem lang gehegten, intensiven Wunsch zu schreiben, nachkommen können. Bei einer Wochenzeitung arbeitete sie als freie Mitarbeiterin. Sie behandelte bis auf Sport alle Sparten von Politik bis Kultur und war wegen ihrer guten Texte gleichwohl bei Redakteuren und Lesern beliebt. Zu der Zeit begann sie auch, amüsante Geschichten zu verfassen.

Später kam eine kleine Geschichtsschreibung für Kinder und Junggebliebene dazu.

Sie träumte von einer Veröffentlichung.

Einige Verlage hatte sie angeschrieben und ebenso viele freundliche Absagen mit Formschreiben erhalten. Enttäuscht las sie ihre Texte zum wiederholten Male, musste oft lächeln, manchmal lachen, meinte, die Welt würde durch diese Bücher, wenn sie einmal existieren würden, nicht schlechter, legte die Manuskripte zur Seite, bis sie erneute Veröffentlichungsversuche startete.

Annegret traf im Zusammenhang mit ihrer journalistischen Tätigkeit eine Autorin, die aus ihrem Lyrikband las. Die Autorin teilte ihr die Anschrift ihres Verlages mit, sprach vom Druckkostenschuss und ihren Erfahrungen, zu einer Veröffentlichung zu kommen.

Schier aussichtslos sei es, als unbekannte Schreibende jemals zu einem Buch zu gelangen, würden nicht Druckkostenzuschüsse gezahlt.

Annegret erwiderte, dass sie nicht die Arbeit des Schreibens erledigen und Geld obendrauf zahlen wolle, um ihrer Eitelkeit Genüge zu tun. Hörte, wie die andere sagte, sie habe sich vorgestellt, der Druckkostenzuschuss sei so etwas wie eine schöne, weite Reise, die ähnlich hohe Geldmittel erfordere. Mit ihrem Gedichtband habe sie sich und anderen bleibende Freuden geschaffen. Das sei schon ein schönes Gefühl, etwas Selbstverfasstes vorzutragen.

Das investierte Geld ließe sich wieder zurückführen. Wenn genügend Bücher verkauft würden, könne schließlich ein doppelt so hoher Gewinn erwirtschaftet werden.

Das zeigt die Berechnung des Verlages, in der alle einzelnen Ausgaben für die Erstellung eines Buches aufgelistet seien. Der Verlag trüge vier Fünftel der Kosten. Leider gäbe es häufig Schwierigkeiten mit der Nachbestellung wegen personeller Engpässe und man müsse sehr hartnäckig sein.

„Ich schicke ihnen bei Gelegenheit die Kostenübersicht zu, dann haben sie Zahlen und können überlegen, ob es für sie in Frage kommt!

Aber glauben sie mir, es gibt keine andere Möglichkeit, wenn sie zu einer Veröffentlichung kommen möchten!"

Annegret war prinzipiell nicht zum Zahlen bereit, wusste jedoch zu diesem Zeitraum noch nicht, welch tiefe Wirkung die Worte der Anderen bereits erzielt hatten. Sie erhielt die Kostenberechnung, grübelte, beriet sich mit ihrem Mann, der ihr durchaus zu ihrem Buch verhelfen wollte und entschloss sich, den Verlag anzurufen.

Von der Sekretärin wurde sie mit dem Verleger verbunden.

Seine Freundlichkeit überraschte sie.

Er hörte aufmerksam zu, schien keine Eile zu haben, und so sprach sie beide Manuskripte an.

An dem Skript der humorvollen Geschichten schien er mehr Interesse zu zeigen als an der Geschichtsschreibung.

Amüsante Geschichten ließen sich immer gut verkaufen. Sein Verlag habe Verbindungen nach Spanien. Die dort ständig lebenden Deutschen mit unterhaltsamer Literatur zu beliefern, habe sich sein Verlag zum Ziel gesetzt. „Die haben viel Zeit zum Lesen und Geld haben die Rentner dort auch genug! Diese Marktlücke sind wir dabei zu erschließen.

Ihr Buch mit Geschichten zum Schmunzeln ist da gerade das Richtige.

Schicken sie uns beide Manuskripte zu und wir entscheiden!" „Man soll nie ein ganzes Skript verschicken! Auszüge können sie erhalten!" „Das ist schlecht! Wenn sie in eine Ausstellung gehen, möchten sie doch auch nicht nur die Ecken eines Bildes sehen, sondern das gesamte Bild! Nur durch Ausschnitte kann man einen Text nicht wirklich beurteilen."

Ein Messingschild - ansprechend, seriös, kühl - wies auf den Verlag hin.

Sie brachte das Manuskript selbst hin, wollte sich den Verlag anschauen. Sie hatte sich nicht angemeldet und war erstaunt, dass der Verleger wiederum unbegrenzt Zeit zu haben schien.

Sein Büro war mit schwarzen Möbeln ausgestattet. In der linken Ecke neben der Tür und am Heizkörper beim Fenster stapelten sich dicke Umschläge und dünne Päckchen. „Alles Manuskripte", sagte Lothar Heimann. „Es ist eine schwierige Aufgabe, eine Auswahl vorzunehmen und bedarf einiger Zeit. Darum erwarten sie unsere endgültige Entscheidung nicht unverzüglich."

Er erzählte von der Verlagsarbeit, ließ durchblicken, dass das eine oder andere Buch zum Verfilmen bearbeitet werden würde, sprach lebhaft und lachte häufig, wobei seine ungepflegten Zähne sichtbar wurden.

Die mit grünlichem Zahnbelag überdeckten Zähne wirkten abstoßend.

Sein sonstiges Erscheinungsbild war unauffällig - grau-blonde, struppige Haare, hellroter Markenpullover, schwarze Hose.

Die Verlagsräume waren, soweit Annegret sie sehen konnte, schlicht eingerichtet, die Türfüllungen mit für Männer eher untypischem Lila gestrichen. Die Farbe wiederholte sich bei Bildern und den im Flur stehenden Federblumenstrauß.

Die Büros strahlten keinen Reichtum aus, wirkten aber auch nicht unseriös.

An einigen Schreibtischen arbeiteten junge Männer.

Nach dem ersten Besuch hörte sie längere Zeit nichts vom Heimann-Verlag und rief eines Tages an. Der Firmeninhaber sagte eine kurzfristige Entscheidung zu.

Inzwischen wünschte sie nichts mehr, als zu einer Buchveröffentlichung zu kommen, dachte nicht über den Druckkostenzuschuss nach, hoffte nur, der Verlag würde seinen vertraglichen Verpflichtungen nachkommen.

Sie verdrängte die Warnungen der anderen Autorin, wünschte, der Verlag würde zügig liefern, schob ihre Befürchtungen beiseite, dass sie den Zuschuss bezahlen könnte, ohne später auch nur ein Buch zu sehen.

Spannungsgeladen erwartete sie die Antwort

des Verlegers und konnte voller Begeisterung lesen, dass das Skript mit positivem Ergebnis geprüft worden sei und der Verlag sich entschlossen habe, das Buch mit vorwiegend lustigen, aber auch nachdenklichen Geschichten zu verlegen.

Eine Flasche Sekt könne die Autorin öffnen und sich und der Protagonistin servieren. Weiterhin wurde ausgeführt, dass der Verlag seit nunmehr zehn Jahren tätig und kein Neuling am Markt sei.

Das Risiko eines unbekannten Autors am Buchmarkt sei schwer kalkulierbar und würde sich aufteilen, wenn sie sich mit einem gewissen Prozentsatz an den Herstellungskosten als Stille Mitverlegerin beteiligen würde.

Um kurzfristige Entscheidung wurde gebeten, um das Buch noch in die Sommerproduktion nehmen zu können, damit es auf der Frankfurter Buchmesse präsentiert werden könne.

Sie erhielt den Vertrag, überwies den Zuschuss und wartete, mahnte an, wurde hartnäckig, erhielt einen Korrekturabzug, schickte ihn geprüft zurück und wartete erneut.

Im November kam der große Moment: Ihr

Buch konnte vorgestellt werden.

Im Rahmen einer Kunstausstellung las sie daraus und erlebte spontane Begeisterung: „Annegret, ist das ein schönes Buch! Ich mochte es gar nicht aus der Hand legen! Solch subtiler Humor! Ich bin begeistert!"

Sie war froh über die vielen positiven Reaktionen und Buchbestellungen und erlebte, dass der Verlag nicht liefern konnte.

Alle Proteste liefen in den Wind!

Sie wurde von Buchhändlern angerufen, die ihr mitteilten, dass ihr Buch bestellt, aber nicht geschickt würde. Einer sagte, der Verlag ginge offensichtlich schlecht mit seinen Autoren um und bat sie zu intervenieren.

Das tat sie - ohne Erfolg!

Inzwischen waren die Verträge für ihr zweites Buch, die kleine Geschichtsschreibung, - übrigens ohne Mitverlegeranteil - unterzeichnet worden.

Es erschien einige Monate nach Vertragsabschluss, begeisterte die Leserschaft, erhielt einen ruhrgebietsweiten, gelddotierten Preis und war nur selten lieferbar!

Wenn sie selbst ihr Buch bestellen wollte, weil Lesungen geplant waren, musste sie oft drei Monate auf die Lieferung warten, telefonieren, drohen.

Schrittweise eröffnete sich ihr die Firmenstrategie dieses Verlages, dem am Verkauf von Büchern nicht gelegen war, der Bestellungen vernichtete, wenn keine Bücher davon vorrätig waren, dem es erstrangig um die Druckkostenzuschüsse ging.

Wenn sie den Verleger sprechen konnte, beschwichtigte er sie, schob anderen wortreich die Schuld an den Lieferschwierigkeiten zu, versprach Abhilfe, lachte sein sympathisches Lachen, nahm ihren Protesten die Schärfe und gelobte Besserung.

Der Verlag erstellte wohl Abrechnungen, zahlte jedoch nie Honorar aus, zeigte sich irritiert, wenn es Proteste gab. Schuld daran trügen die Buchhaltung, der Steuerberater, der … Jeder andere, nur nicht die Leitung des Verlages.

Als sie wegen ihres zweiten Buches wieder einmal im Verlag war, lud das Ehepaar Heimann sie und ihren Mann zum Essen ein.

Sie konnten kaum ablehnen, zu freundlich war die Einladung zum Italiener gleich um die Ecke. „Lothar, wir wollten die Eheleute Peters doch heute zum Mittag einladen!" „Das ist doch noch zu früh!", begriff er langsam.

„Hatten wir doch gesagt!" „Wir wollten eigentlich gleich nach Hause fahren", warf Annegret ein und war nicht sicher, ob ihr Mann, der immer im Café nebenan auf ihre Rückkehr wartete, Lust haben würde, mit den Heimanns Essen zu gehen. Annegrets Ahnung war richtig und sie musste ihn nachdrücklich darum bitten.

Sie liefen die kurze Wegstrecke zu Fuß. Schon auf dem Hinweg wurde der Zweck der Einladung offensichtlich, als Herr Heimann beschwingt geradeheraus fragte, ob sie sich nicht an dem Verlag mit einer Einlage als Stille Gesellschafter beteiligen wollten.

Annegret konterte prompt, dafür kein Geld zu haben, da sie planten, das Haus zu renovieren.

Das Thema Beteiligung war damit vom Tisch.

Sie aßen Pizza und Salat, tranken Rotwein und Bier, fragten nach den vorherigen Tätigkeiten der Verleger, erfuhren, dass er Bauleiter bei einer in Konkurs geratenen Firma war. So erlangte er das Mitgefühl seiner Zuhörer.

Dagmar Heimann habe eine Ausbildung zur Buchbinderin begonnen, später ein Schreib-büro eröffnet und aus beidem sei der Verlag erwachsen, der überhaupt nur möglich sei, weil die Buchherstellung selbst gemacht würde.

Ihr Mann habe, nachdem er arbeitslos geworden war, gesagt: „Du kannst doch wohl noch etwas aus deiner Lehrzeit! Probier einmal, ein Buch zu binden! Gesagt - getan!

Es klappte ganz gut!

So war der Verlag geboren.

Heute haben wir ein gut gehendes Unternehmen, an dem wir andere beteiligen möchten, damit sich der Gewinn auf mehrere verteilt!"

„Nicht auf uns - leider!"

Zu Beginn wurden die Bücher in einem kleinen Raum unter den Büros erstellt. Annegret sah bei ihren häufigen Besuchen dort manchmal eine junge Frau an einem Regal neben der Treppe mit Büchern hantieren.

Zum Zeitpunkt des Pizzaessens hatte der Verlag einen großen Raum beim Bahnhof angemietet und dorthin die Buchproduktion verlegt. Hier liefen pausenlos zwei Drucker und jemand klebte die Bücher zusammen, indem er Seiten an einer Stelle mit Klebe bestrich, Gaze darüber fügte und sie zwischen zwei Frühstücksbrettchen aus Resopal legte.

Das oberste Brettchen beschwerte er mit einem Stein, der hochzunehmen war, wenn der nächste Buchblock zwischen die Brettchen gelegt wurde und alles wiederum mit dem Stein beschwert wurden.

Als Annegret die Produktion sah, wurde ihr klar, dass bei diesen Arbeitsabläufen die Schwierigkeiten und Engpässe lagen. Auf diese steinzeitliche Weise konnten keine großen Stückzahlen durch die drei in der Halle anwesenden Mitarbeiter erstellt werden, das war sicher!

Dieser Verlag konnte die erforderlichen Bücher nicht herstellen, gab dem am meisten drängelnden Autor nach und produzierte eine geringe Stückzahl seines Buches.

Das Unternehmen stand stets unter dem Druck, seine neu abgeschlossenen Verträge zu bedienen, sich den Anschein von Seriosität zu geben und verhinderte durch seine Geschäftspraktiken, dass die Bücher am Markt erhältlich waren.

Zum Zeitpunkt des Pizzaessens wusste Annegret bereits von vielen Schwierigkeiten. Einiges hörte sie, wenn sie sich bei Besprechungen in den Büroräumen aufhielt. Die Verlagsinhaber sprachen offen über Prozesse, in denen Autoren sie auf Vertrags-erfüllung oder -auflösung verklagten.

„Nach deren Meinung sei etwas nicht korrekt gelaufen. Das ist ja typisch für Lehrer, immer opponieren und alles besser wissen, nicht einsehen können, dass ihr Buch leider nicht so läuft, wie es wünschenswert wäre! In einem Fall habe ich gleich zu meiner Frau gesagt: `Mit dem bekommen wir Ärger!` Ich sollte Recht behalten!

Aber vor Gericht unterlag er. Wir können doch nichts dafür, wenn ein Autor mit seinem Buch einer Fehleinschätzung unterliegt!"

„Aus meiner Sicht gibt es erhebliche Lieferschwierigkeiten. Die kennen sie doch selbst am besten! So ganz korrekt ist es ja wohl nicht, wenn Bestellungen monatelang nicht ausgeführt werden. Nennen sie mir den Buchhändler, der lange Zeit auf die Ausführung seiner Bestellung warten kann. Die Leser möchten ein Buch erwerben oder verschenken, so lange es im Gespräch ist. An der Abschaffung der Lieferengpässe muss gearbeitet werden!", sagte Annegret bestimmt.

Sie spürte, wie die Heimanns aufkommenden Ärger wegen der Einmischung herunterschluckten. Er ergriff schnell das Wort, gab zu, dass der eine oder andere Fall bekannt sei, aber gerade das zeige, wie erfolgreich der

Verlag sich entwickelt habe, bot noch einmal Annegrets Mann eine Mitarbeit an. Er sei auf dessen Verbesserungsvorschläge gespannt, wenn er erst Stiller Gesellschafter wäre, warf der Verleger einen erneuten Köder aus.

Dass viele Fehler bei Zulieferern gemacht würden, wodurch Schwierigkeiten im eigenen Unternehmen entstünden, führte er weiterhin aus.

„Erzähl doch mal den Fall mit dem falsch gelieferten Papier, das hast du ja festgestellt!", forderte Lothar Heimann seine Frau auf. „Wenn ich nicht Buchbinderei gelernt hätte, hätte ich das gar nicht beurteilen können. Da wurde uns eine Rolle Papier angeliefert, bei dem die Laufrichtung falsch war. Ich stellte das sofort fest und natürlich bezahlten wir die Rechnung nicht. Vor Gericht wurde ich befragt, was mich befähige zu behaupten, das Papier liefe falsch. Ich erwiderte: `Ich bin vom Fach! Habe eine Ausbildung als Buchbinderin gemacht! Die Papierlaufrichtung kann ich wohl noch beurteilen`!"

Und ihr Ehemann unterstützte sie, als er, kopfschüttelnd und lachend, seine grünlichen Zähne zeigend, weiter ausführte: „Dann fragte der Staatsanwalt, wo sich die Rolle jetzt befände? Als er hörte, dass die bei uns auf dem Lager läge, schlug er allen Ernstes vor, sie als Beweis hinzuzuziehen! Nun frage ich sie, wie will man denn eine mehrere Zentner schwere Papierrolle ins Gericht bringen! Da sehen sie doch, was das für realitätsferne Menschen sind!"

Er lachte heftig und die anderen wurden davon angesteckt. Seine Frau fügte hinzu, dass sie den Prozess gewonnen hätten, da der Papierlieferer nicht das Gegenteil belegen konnte. „Waren auch wieder dreitausend D-Mark gespart!"

„Wo ist das Papier denn jetzt?", fragte Annegret Peters.

„Das ist noch im Lager. Eigentlich müssten wir darauf drängen, dass es wieder abgeholt wird. Machen können wir damit sowieso nichts! Wir können doch keine Bücher mit falscher Laufrichtung herstellen!" warf er kopfschüttelnd und lachend ein.

Das konnten sie scheinbar doch, denn bevor Annegret nach einem Jahr vieler Ärgernisse androhte, die Verträge kündigen zu wollen, wenn sich die Abwicklung nicht unverzüglich bessere, hatte sie sich bei einem Buchbinder erkundigt, zu welchen Bedingungen er ihr

Erstlingswerk binden würde, wenn sie die Vermarktung selbst in die Hand nähme.

Von einem Buchbindermeister in den Borkenbergen erhielt sie ein Angebot für

Objekt:	Buchtitel: „Amusantes" Verarbeitung handwerkl. Fächerklebebindung
Format:	12,5 x 19,5 cm
Umfang	142 Seiten
Papier:	Werkdruck 80 g/qm falsche Laufrichtung des Papiers

Weiterhin führte er aus, dass die Kosten für die Herstellung von Prägestempeln gesondert in Rechnung gestellt würden.

Er hoffte, dass das Angebot meine Zustimmung finden würde und sicherte im Auftragsfall eine einwandfreie Qualität und Einhaltung der noch abzusprechenden Termine zu.

Das vorstehende Angebot zeigte zweierlei! Das Papier von Annegrets dem Buchbinder zur Verfügung gestelltes Buch hatte eine falsche Laufrichtung!

Das konnte bedeuten, dass Dagmar Heimanns Fachkenntnisse begrenzt waren, oder dass das

Papier wirklich fehlerhaft geliefert, nicht bezahlt und dennoch verarbeitet wurde.

Und somit „...wieder dreitausend Mark gespart!" Zum anderen gibt das Angebot des Buchbindermeisters die Erklärung, weshalb der Verlag kein Interesse haben konnte, die vertraglich zugesagte Stückzahl von Büchern zu erstellen.

Professionell hergestellt, ist das Binden eines Buches viel zu teuer und erreicht bei der geringsten angebotenen Stückzahl bereits den Verkaufswert des Buches.

Bei höherer Stückzahl verbrauchen die Buchbinderkosten mehr als den Preisanteil, der dem Verlag zustünde.

Gewinne für die Unternehmer wären selbst bei höherer Stückzahl nicht zu erwirtschaften, berücksichtigt man den Buchhändlerrabatt, die vertraglich vereinbarte Rückführung der Druckkostenzuschüsse an die Autoren und die geringen Autorenvergütungen. Druck- und Papierkosten, Porto - ein erheblicher Kostenfaktor beim Buchversand - sowie Personalkosten, Mieten und sonstiges sind dabei noch nicht berücksichtigt.

Bei jedem einzelnen Buch müsste Geld zugeschossen werden. Die Rechnung geht bei keiner Veröffentlichung dieses Verlages auf, es sei denn, der Verkaufspreis würde entsprechend angehoben und so das Produkt unverkäuflich werden.

Nach und nach erlangte Annegret die Gewissheit, dass dieses Ehepaar es darauf abgesehen hatte, die Druckkostenzuschüsse entgegen zu nehmen, jedoch nur einige wenige Bücher zu produzieren. In einer möglichst feierlichen Buchvorstellung, die von den jeweiligen Autoren organisiert wird, sind die Heimanns persönlich anwesend.

Sie verkaufen die Bücher, nehmen den Erlös mit Hinweis auf die Honorarabrechnung an sich und hoffen, durch die Veranstaltung oder die Berichterstattung darüber, andere Schreibende auf ihren Verlag aufmerksam zu machen, neue Zahlungswillige zu finden, die mit der Veröffentlichung ihrer Lyrik, Belletristik oder Fachliteratur Schwierigkeiten haben.

„Honorar zahlen die nie aus! Ich habe es so gehalten, dass ich Bücher bestellte und mit meinen Honoraransprüchen verrechnete. Die Hoffnung auf Honorarzahlungen brauchen sie nicht zu hegen. Der einzige Weg, an sein Geld zu kommen, ist immer und immer wieder die Lieferung der eigenen Bücher anzumahnen und schließlich zu verrechnen. Dagegen haben die Heimanns auch protestiert, aber ich mache das weiterhin!" sagte die Autorin aus Annegrets Bekanntenkreis.

Auch sie erlebte bei Anmahnungen der Honorarbeträge immer ähnliche Vertröstungen und Ausreden, hörte oft, dass das Geld längst überwiesen sein müsse und vernahm das Unverständnis über die säumige Abwicklung.

Annegret bestellte Bücher, hatte lange Lieferzeiten abzuwarten und verrechnete den Rechnungsbetrag mit ihren Forderungen.

Als sie einmal in dem lang gestreckten Verlagsflur auf ein Gespräch mit Lothar Heimann wartete, drang durch die Tür seines Büros lautes Streiten. Eine männliche Stimme schimpfte: „Wir sind extra von Kiel hier her gekommen, um mein Honorar abzuholen. Wir bleiben hier, fahren nicht zurück, bevor ich nicht mein Geld erhalte!" „Das haben sie längst überwiesen bekommen! Schauen sie mal ihre Kontoauszüge richtig nach! Wir haben immer gezahlt!" schrie Lothar Heimann. „Das ist eine Frechheit! Schauen sie mal ihre Kontoauszüge richtig nach, dann wissen sie, dass sie nichts an mich zahlten! Heute und hier will ich mein Geld haben und nicht schon wieder ihre faulen Ausreden hören! Die kenne ich alle. Also - Geld her!"

Dagmar Heimann mischte sich ein, wollte die Schleswig-Holsteiner des Büros verweisen, als ihr Mann leiser fragte: „Wie viel ist es denn? - Nehmen sie es um Himmelswillen mit und verschwinden sie hier! Dagmar, hol doch mal das Geld!"

„Wenn du meinst! Aber ich glaube, dass wir gezahlt haben und das vom Steuerberater nachprüfen lassen sollten!"

Es wurde leiser.

Sie öffnete die Tür, lächelte verlegen, als sie Annegret im Flur bemerkte, holte aus dem nebenan liegenden Büro Geld und brachte es dem Gläubiger. Der protestierte erneut, er habe noch weitere Ansprüche. Sie holte wiederum einen kleineren Betrag aus der Portokasse und der Autor und seine Begleiterin verließen die Etage.

Als Annegret das Büro Lothar Heimanns betrat, wirkten er und seine Frau erregt und verlegen zugleich.

Er sagte kopfschüttelnd: „Die müssen es ja dringend gebrauchen. Selbst wenn, aus welchen Gründen auch immer, die wir auf gar keinen Fall zu vertreten haben, dieses Mal nicht rechtzeitig gezahlt wurde, wovon ich jedoch noch nicht überzeugt bin - Dagmar, lass das doch bitte überprüfen! - rechtfertigt das nicht so ein Auftreten! Die haben sich wohl gedacht, wir laden sie ein und zeigen ihnen das Sauerland, wenn sie schon von so weit her kommen. So eine weite Fahrt zu unternehmen wegen solch geringer Beträge! Es ist nicht zu fassen, was manche Leute sich erlauben!"

Annegret gab ihm, mit umgekehrten Vorzeichen, im Stillen Recht!

Sie verstand nur zu gut, dass der Autor sich von diesem Verlag nicht weiterhin betrügen lassen wollte.

Auch sie hätte sich inzwischen gern von ihm getrennt, fürchtete jedoch den Prozess der Vertragsaufhebung, hoffte, dass sich eine andere Lösung abzeichnen würde.

Sie fragte sich, wie lange es bis zur Zahlungsunfähigkeit dauern würde.

Ein andermal, als sie sehr früh im Büro war, kam der Postbote. Er brachte mehrere blaue, dicke Briefumschläge, wie sie bei Mahnbescheiden vom Amtsgericht damals üblich waren, ließ sich den Erhalt von der Sekretärin schriftlich bestätigen, setzte deren Vornamen dazu, nachdem der sich vergewissert hatte:

„Ihr Vorname ist Barbara?" „Ja!"

Wie häufig kam hier Post an, deren Erhalt durch Empfangsbestätigung bescheinigt werden musste, fragte sich Annegret, wenn der Postbote den Namen der Sekretärin bereits auswendig weiß?

An diesem Morgen, an dem sonst niemand im Büro war, fragte Annegret die Angestellte, die sie aus vielen Telefonaten und Besuchen kannte, vorsichtig: „Zahlungsbefehle?"

„Irgend welche Unterlagen vom Gericht. Ob das jetzt Mahnbescheide sind, weiß ich nicht."

„Bekommen sie denn ihr Geld regelmäßig?"

„Diesen Monat haben wir noch keins gekriegt, aber es wird schon noch gezahlt werden, hoffe ich. Das geschieht nie so pünktlich!"

„Wenn die Miete nicht gezahlt würde, ist man als Selbständiger nach zwei Monaten Mietrückstand kündbar." „Wie das läuft, weiß ich nicht. Wird ja wohl gezahlt werden," entgegnete die Angestellte fragend.

Ganz zu Beginn, als während des ersten Gespräches mit dem Verleger zwei Mal das Telefon schellte, hatte er bei ihr dadurch Wirkung erzielt, dass er seinem Gesprächspartner Anweisungen zum Verbuchen von Spesenbelegen gab.

Aus dem Gedächtnis nannte Lothar Heimann Kontennummern, auf die der Nettobetrag und die Mehrwertsteuer zu verbuchen waren und das Gegenkonto.

Das beeindruckte die ehemalige Steuerfach-angestellte, die wusste, wie wichtig Buchhal-tungskenntnisse für Selbständige sind.

Meistens, so wusste sie, gerieten Firmen in Schwierigkeiten, wenn kaufmännische und steuerliche Aufgaben als lästig und überflüssig erachtet wurden. Hier saß jedoch jemand vor ihr, der offensichtlich von Buchführung etwas verstand und sein Unternehmen zu führen imstande sein würde, hoffte sie noch zu diesem Zeitpunkt.

Später erkannte sie die desolate Finanzlage des Verlages.

Dass sie sich als Stiller Gesellschafter an dieser hoffnungslos verschuldeten Firma betei-ligen sollte, belustigte sie fast, als sie bei Salat und Rotwein ihre Gegenüber zu ergründen versuchte.

Beim Pizzaessen kam ihr Esau in den Sinn, der für einen Teller Erbsensuppe sein Erstge-burtsrecht abtrat.

Wegen einer Einladung zum Italiener durch ein liebreizend wirkendes Verlegerehepaar würde sie sich nicht in diese marode Firma einkaufen, sondern auf deren Ende warten.

Das kam einige Monate später.

Zuvor hatten die freundlichen, erfolgreichen Verleger in einem ihrer Stammlokale jemanden getroffen, der eine Bankbürgschaft über dreihunderttausend Mark für die Beiden übernahm.

Sie gründeten die Firma Fischer & Heimann, die für Druck, Bindung und Verlagsauslieferung zuständig sein sollte und versprachen, dass die vorherigen Lieferengpässe beseitigt werden würden.

Der Arbeitseifer dieser Firma wurde Annegret durch eine unberechtigte Mahnung vor Augen geführt.

Sie wollte empört faxen:

„Sehr geehrter Mahnungsschicker,

vorstehend kopierter Überweisungsträger weist aus, dass unter dem 14. 5. eine Zahlung an sie für die Rechnung vom 25. 2. erfolgte, bei der ich mir erlaubte, meine Honorarforderungen zu kürzen.

Übrigens erhielt ich die Lieferung der am 25. 2. berechneten Bücher erst am 19. April! Die hinlänglich bekannten Liefer-, Termin- und Buchhaltungsschwierigkeiten setzen sich

offensichtlich auch trotz weiterer Firmen-
gründungen fort. Telefonisch war keine Klä-
rung herbeizuführen, da beide mir bekannten
Firmen unerreichbar waren.
Hochachtungsvoll
A. Peters."

Leider konnte sie das Fax nicht absenden,
denn der Verlag war inzwischen umgezogen.
Hinweise hierauf erhielt Annegret durch die
veränderte Anschrift auf der Mahnung.
Um sich Gewissheit zu verschaffen, fuhr sie
mit ihrem Mann an einem Sonntag zur
ehemaligen Anschrift. Ein heller Fleck an der
Wand zeugte vom ehedem dort befindlichen
Messingschild.
Weiter ging es zum Produktionsraum am
Bahnhof.
Sie schauten durch die kleingliedrigen
Metallrahmenfenster, fanden den Raum leer
und machten sich auf den Weg zur neuen
Anschrift in einem Industriegebiet.
Am Ende einer Sackgasse prangten an einem
zweckmäßigen Flachdachgebäude zwei große
Schilder, die in schwarzen Lettern auf die
gesuchten Firmen hinwiesen.
Annegret stieg aus, überquerte eine Hoffläche

und schaute durch die tief hinunter reichenden Fenster. Hinter den Scheiben lag ein großer Büroraum mit etlichen Schreibtischen und Computern.

Die lila-weiß-grauen Federblumen in hoher Glasvase, die den ehemaligen, schlauchartigen Flur zierten, verschönten auch diesen Raum.

Sie sah zwei Menschen hinter den Scheiben und wurde gesehen!

Freundlich lächelnd, dennoch offensichtlich verlegen - ihre Wangen liefen fleckig purpurfarben an - öffnete Dagmar Heimann die Glastür und bat Annegret einzutreten.

Ihr Mann kam aus einem Nebenraum, schien einen Moment lang erstaunt, um unmittelbar darauf mit strahlendem Lachen, hinter dem er Traurigkeit versteckte, Annegret zu begrüßen. Die fühlte sich ertappt und entschuldigte ihren Besuch damit, dass sie auf keine andere Weise Kontakt aufnehmen konnte und nun sogar persönlich mitteilen könne, dass die Mahnung gegenstandslos sei.

Sie fragte augenzwinkernd, ob der Verlag auf diese Weise zu Geld zu kommen nötig habe?

Lothar Heimann schimpfte auf die Telefongesellschaft, die sie mit dem Anschluss hängen ließe, war in seinem Element, wie immer,

wenn es darum ging, anderen Schuld zuzu-
weisen, lachte und war ernsthaft zugleich,
erwiderte, sie möge Verständnis für das
Versehen aufbringen, das mit dem Umzug in
Zusammenhang stünde.

„Aber in Zukunft wird alles besser. Die neue
Firma wird in Kürze problemlos arbeiten."
Ob er das wirklich glaubte, war schwer zu
erkennen.

Ein jüngerer Mann werkelte in einer Ecke an
einem Computer.

Mit einer Handbewegung wies Lothar
Heimann stolz auf die Tür des Raumes, aus
dem er gekommen war: „Das wird mein Büro!
Erschrecken sie nicht, es ist noch nicht fertig
eingeräumt, aber deshalb sind wir ja jetzt
hier!"

„Schauen sie sich die anderen Räume an! Im
Wesentlichen ist hier der große Produktions-
und Lagerraum", sagte Dagmar Heimann.
„Den haben wir in schweißtreibender Arbeit
selbst angestrichen und die Fliesen vom
Schmutz gereinigt. Hier war zuvor eine
Autowerkstatt drin. Da können sie sich
vorstellen, wie viel Arbeit es war, die Räume
so herzurichten! Dort oben bekommen wir
noch einen weiteren Lagerraum, der jetzt

durch den Vorgänger belegt ist. Wir brauchten dringend bessere Räumlichkeiten und vor allen Dingen kürzere Wege, wenn es Fragen zwischen Verlag und Produktion zu klären gibt.

Hier ist es ganz ideal!"

Schwacher Werkstattgeruch kroch aus den Fugen des spärlich bestückten Produktions- und Lagerraumes.

Das große Holzregal für Bücher wirkte leer.

So fragte Annegret eher zaghaft nach ihrem Buch und war erstaunt, dass fünfzig Buch- blöcke vorhanden waren.

Sie bestellte fünfundzwanzig Bücher und Lothar Heimann sagte, sie könne auch alle fünfzig haben und an seine Frau gewandt: „Die Buchdeckel haben wir doch schnell gefertigt? Was sagst du? Du weißt es besser! Wie ist der Arbeitsanfall?"

„Fünfundzwanzig reichen mir erst einmal. Wenn ich alle kaufe, können sie ja wieder keine anderen Bestellungen ausführen! Dann beginnt das alte Leiden von neuem. Hoffentlich gelingt es ihnen wirklich, die ärgerlichen Lieferverzögerungen zu besei- tigen", erwiderte Annegret und wusste zu dem Zeitpunkt bereits, dass die Rechnung nicht aufgehen konnte, selbst, wenn die wenigen Angestellten von Fischer & Heimann emsig wie Bienen wären, um die Lohnkosten des Seitenkopierens und der Buchbindung zu minimieren.

„Ach, ja, Frau Peters, es hat sich eine weitere Veränderung ergeben. Die Gesellschaftsform des Verlages hat sich verändert, aber das hat nichts mit den Autorenverträgen zu tun. Die sind übernommen worden. Demnächst werden wir hierzu die Zustimmung der Autoren einholen."

Als er den wütenden Blick seiner Frau bemerkte, fügte er lachend hinzu: „Aber das dürfte wohl keine Schwierigkeiten bereiten!"

Oh, ja, sehr wohl wird das bei mir Schwierigkeiten geben, dachte Annegret. Auf diesen Moment hatte sie gewartet. So konnte sie ohne kostspieligen Prozess, dessen Ausgang fraglich sein würde, eine Vertragsauflösung erlangen, wenn sie sich mit einer Übertragung nicht einverstanden erklären würde, hoffte sie. Ihre Zustimmung zur Weitergabe des Autorenvertrages wurde nie eingeholt.

In einem kurzen Rundbrief wurde mitgeteilt, dass der alte Verlag aufgehört habe zu existieren und jetzt eine neue Firma zuständig sei.

Kein Wort von der vertraglich vorgesehenen Zustimmung, kein Wort darüber, dass ein Lieferer die Konkurseröffnung des Verlages beantragt hatte.

Die alte Firma ist tot, es lebe die neue!

Vom Insolvenzantrag wurde Annegret kurze Zeit später durch den Insolvenzverwalter informiert.

Daraus ergab sich, dass das Insolvenzverfahren bereits vor ihrem Sonntagbesuch in den neuen Firmenräumen eröffnet worden war.

Vielleicht war dies der Grund, dass Lothar Heimann trotz seines Lachens bedrückt erschien.

Seine Frau wirkte abgebrühter!

Gemeinsam waren sie ungewöhnlich gut, wenn es darum ging, andere hinters Licht zu führen. Sie glichen Schauspielern, die sich gegenseitig die Stichworte gaben in einem vermeintlich glaubwürdigen Dialog, stachelten sich gegenseitig an, steigerten sich und waren professionell.

Während dieser Auftritte blühten sie auf, verständigten sich durch kaum merkliche Mimik, schienen selbst zu glauben, was sie darstellten, wirkten harmlos, erfolgreich, fröhlich und unbeschwert.

In den ersten Tagen der Gerichtsverhandlung flammten die schauspielerischen Fähigkeiten hin und wieder auf.

Es wirkte rührend, als sie ihren beruflichen Werdegang schilderten:

Er hatte einige Studiengänge absolviert, ein Studium abgeschlossen. Viele Jahre lang sei er Bauleiter gewesen. Dann erfolgte die Gründung des Verlages.

Sie hatte nach der Volksschule eine Buchbinderlehre begonnen, die wegen Schwierigkeiten mit den Lehrherren nicht abgeschlossen werden konnte. Es erfolgte die Weiterbildung in der Abendschule zur kaufmännischen Angestellten. Nach der Geburt der beiden Kinder und einigen Jahren ohne Berufstätigkeit wurde der Verlag gegründet.

Sie sprachen mit leisen Stimmen, auf guten Eindruck bedacht, konnten den Zuhörern manchmal fast leid tun, wüssten es die wenigen Prozessbeobachter nicht besser! Dagmar Heimann führte die Regie, beschwichtigte häufig ihren Mann, wenn der kopfschüttelnd und wortreich gegen Vorwürfe und Zeugenaussagen protestierte. „Lothar", sagte sie scharf, machte ihm Zeichen, die ihn verstummen ließen!

Der Vorsitzende des erweiterten Schöffengerichtes verlas alle zur Anzeige gebrachten
Fälle, in denen keinerlei oder unzureichende
Gegenleistungen erbracht wurden, ebenso die
angezeigten Fälle Stiller Gesellschafter, die
mit guten Gewinnen überzeugt wurden und
erlebten, wie in darauffolgenden Jahren durch
hohe Verluste sich ihre Einlagen verzehrten.

Als sie damals zum Pizzaessen waren,
erzählten die Beiden, dass der Buchhalter, der
bei Annegrets erstem Besuch in den
Verlagsräumen telefonisch die Buchungsan-
weisungen erhielt, derart untüchtig war und
„so falsch buchte, obwohl er Steuerfachwirt
war, dass die Buchführung ein zweites Mal
von ihm gemacht werden musste, als wir
merkten, dass wir keine Mehrwertsteuer-
rückerstattung erhielten!"

„Aha?"

„Haben wir jedes Jahr bekommen, nur nicht
dieses Mal. Aus dem höheren Steuersatz für
die Kosten, während der Verkauf von Büchern
nicht ganz der Hälfte des Satzes unterliegt.
Das müssen sie doch wissen, wenn sie beim
Steuerberater waren! Und dann wollte der die
doppelte Arbeit doch wirklich zwei Mal

bezahlt bekommen!" Lothar Heimann lachte und hoffte, alle würden das spaßig finden.

Annegret überlegte, in welch großem Missverhältnis Kosten und Umsatz stehen müssten, um eine Mehrwertsteuererstattung zu erhalten. Und das scheinbar über Jahre hinweg!

Da wurde eine Buchführung zwei Mal erstellt, um für das Finanzamt ein gewünschtes Ergebnis zu erzielen!

Wie viele Bilanzen, die Lothar Heimann nach eigenen Angaben selbst erstellte, mögen für unterschiedliche Zwecke mit unterschiedlichen Ergebnissen geschrieben worden sein, fragte sich Annegret.

Im Prozess wurde von einigen Stillen Gesellschaftern auf die offensichtlichen Unstimmigkeiten in Gewinn- und Verlustrechnungen und Bilanzen hingewiesen, so dass das Gericht diese Anklagepunkte abtrennte und die Prüfung der Geschäftspapiere durch einen vereidigen Wirtschaftsprüfer verfügte.

Der Anklagepunkt, die Mieträume im Gewerbegebiet angemietet zu haben, obwohl beim Abschluss des Vertrages feststand, dass die Inhaber der Firmen vorhatten, die Räume zu nutzen, jedoch die Miete nicht zu zahlen, wurde gänzlich fallen gelassen.

In einem vorherigen Rechtsstreit hatte das Oberlandesgericht das Urteil des Landgerichtes zu Gunsten des Vermieters bestätigt und ihm erhebliche Mietausfälle zugesprochen, denn die Heimanns hatten nur etwa zwei Monate lang gezahlt und dann, wegen vieler vermeintlicher Mängel die Zahlung einstellten.

Obwohl man sich zunächst freundschaftlich begegnete: „Ach, lassen sie sich mit der Räumung des oberen Raumes Zeit, wir brauchen ihn jetzt nicht! Wir zahlen deshalb ja eine geringere Miete," setzten bald Nörgeleien und Proteste ein, weil die Parkplätze nicht völlig fertiggestellt und zu klein seien für das Spitzenklasseauto der Firmeninhaber!

„Dann stellen sie es doch auf mehrere Stellplätze. Es gehören ja genügend zum Mietobjekt, die unbesetzt sind!"

Bald gab es Klagen wegen der Heizung, die nicht leistungsstark genug sei.

Die Mieter erstellten eine lange Mängelliste, die sie berechtigte, wie sie glaubten, die Mietzahlung bis zur Behebung völlig einzustellen.

Der Vermieter sagte einmal scherzhaft, hätte

man alle Prozentanteile der Mietkürzungen zusammengezählt, hätte er noch etwas an die Mieter auszahlen müssen.

Er klagte, erhielt in zwei Instanzen Recht, nachdem er gewissen Abstrichen seiner Forderung zustimmte.

Als er Zeuge in dem Betrugsverfahren war, wirkte er schlecht vorbereitet, hatte leider keine Zahlen und Daten parat, so dass der Anklagepunkt fallen gelassen wurde.

„Eigentlich", so sagte er einmal, „darf ich deren Verurteilung gar nicht wünschen. Denn solange sie noch arbeiten, kann ich hoffen, die gerichtlich vereinbarten Mietraten zu bekommen."

Es blieben fast fünfzig weitere Anklagepunkte, die ausschließlich Autoren betrafen.

Der Vorsitzende Richter befragte die aus dem gesamten Bundesgebiet vorgeladenen Zeugen nach einem festen Frageschema: „Wie kam der Kontakt mit den Angeklagten zustande? Ist das ihr Vertrag?" An die Angeklagten ging die Frage: „Können sie bestätigen, dass das ihre Unterschrift ist? Kommen sie bitte nach vorn!"

„Haben sie dieses Schreiben bekommen?", fragte der Richter weiterhin die Zeugen und verlas das Rundschreiben, nach dem alle eine

Flasche Sekt öffnen könnten, weil sich der Verlag entschlossen habe, nach Prüfung durch vier Mitarbeiter oder Sachverständige, das Buch zu veröffentlichen.

Alle Zeugen bestätigten den Erhalt des Briefes, dem gleichzeitig die Kostenaufstellung der Buchproduktion mit dem errechneten Eigenanteil angeheftet war. „Wie ging es dann weiter?"

„Ich setzte mich telefonisch mit dem Verlag in Verbindung." „Mit wem sprachen sie?" „Mit Herrn Heimann! Danach bekam ich den Vertrag zur Unterschriftsleistung zugeschickt, zahlte meinen errechneten Anteil und wartete! Die im Vertrag genannten Fristen wurden weit überschritten. Ich musste die Buchherstellung immer wieder anmahnen, bis ich schließlich einen Korrekturabzug erhielt," antwortete jeder der Zeugen.

„Wie sah der aus? War er bereits gebunden oder waren es lose Blätter und was sollten sie damit tun?"

„Es waren lose Blätter, die ich nach genauen Angaben zu korrigieren hatte. Es sollte besonders darauf geachtet werden, ob Namen richtig geschrieben und der Text vollständig erfasst wurde."

„Wenn diese Leistung durch sie erbracht war, was erfolgte dann?"

„Der Korrekturabzug wurde zurückgesandt und dann passierte wieder lange Zeit nichts! Nach Monaten des Wartens, Anrufens und Protestbriefschreibens erhielt ich endlich mein Buch!".

So lauteten die nur wenig voneinander abweichenden Antworten der Zeugen.

Einige berichteten, dass während eines Telefonates Herr Heimann, statt die Beantwortung drängender Fragen vorzunehmen, laut lachend den Telefonhörer auflegte.

Nur wenige Autoren hatten überhaupt kein Buch erhalten und sahen im Gerichtssaal zum ersten Mal ein Exemplar ihres angeblich jederzeit problemlos auf dem Buchmarkt erhältlichen Produkts.

Stereotype Fragen - ebensolche Antworten - dreiundzwanzig Mal während zehn Verhandlungstagen. Immer die gleichen Antworten auch auf die Fragen nach den Honorarabrechnungen - Abrechnungen erhalten, Zahlungen nur in Ausnahmefällen, manchmal mit nicht gedecktem Scheck.

Alle Autoren hatten den Verlag in Zivilprozessen verklagt, einen Titel erlangt und

konnten ihre Forderungen nun zur Konkurstabelle anmelden in einem Konkursverfahren,
das zwischenzeitlich mangels Masse eingestellt worden war.

Viele Male protestierte Lothar Heimann und
wurde durch seine Frau gebremst.

Meist saß er jedoch kopfschüttelnd da und
unterdrückte ein Zucken des Mundes, das sich
über die Halspartie bis zur linken Schulter
fortsetzte.

Immer seltener lachte er sein grünliches
Lachen!

Sein Verteidiger versuchte, die Zeugen in
Widersprüche zu verwickeln, woraufhin der
Vorsitzende ihn belehrte, die Frage sei bereits
hinlänglich beantwortet worden und zeigte den
Unterschied zwischen Zivilprozess und Straf-
prozess auf.

Es kam wiederholt zu Auftritten, die der
Würde des Gerichtes entgegen zu stehen
schienen, denn sowohl die Angeklagten als
auch die Verteidiger wurden nach einer
Beratung der zwei Berufsrichter und zwei
Schöffen ermahnt, die Ernsthaftigkeit der
Verhandlung nicht zu verkennen.

Dennoch wetterte Lothar Heimanns Verteidiger weiter: „Nicht einmal in zehn Prozent

der Buchproduktionen ist nicht alles ganz glatt gelaufen.

Und da sagt der Staatsanwalt, es läge gewerbsmäßiger Betrug in erheblichem Umfang vor!

Es kann doch nicht allen Ernstes davon gesprochen werden, hier läge Vorsatz vor!

Warum, so frage ich, arbeitete der Verlag nur in nicht einmal zehn Prozent fehlerhaft, wenn man so will, und in allen anderen Fällen einwandfrei?"

An dieser Stelle wirkte Lothar Heimann amüsiert und lachte sein Stress abbauendes, unangebrachtes Lachen, während sein Verteidiger fortfuhr: „Weil es sich bei den nicht einmal zehn Prozent um schwierige Autoren handelt!

Das ist es doch, was zutrifft!

Das Bild hat sich doch hier von dem einen oder anderen bestätigt, dass er schwierig ist!

Und wo ist, so frage ich, der Schaden?

Ich kann keinen Schaden sehen!

Alle Autoren haben ein Buch bekommen!

Das war es, was sie wollten, und wofür sie bezahlt hatten. Ich nenne ihnen fünfzig Buchhandlungen in der Umgebung, die wir alle befragen können und die ihnen alle bestätigen werden, dass es keinerlei, ich betone, keinerlei Schwierigkeiten mit dem Verlag Heimann gegeben hat!

Das ist doch die Wahrheit!

Nicht das, was von der Staatsanwaltschaft behauptet wird!" trug er mit sichtlicher und hörbarer Erregung vor, wobei sein Sprachfehler bei Zischlauten noch deutlicher wurde. Er hatte scheinbar die Rüge vom zweiten Verhandlungstag vergessen, die ihm untersagte, unbeherrscht zu sprechen und die Zeugen anzuschreien.

Er entschuldigte seine laute, brüchige Stimme mit einer Erkältung.

Der Pflichtverteidiger von Dagmar Heimann war zurückhaltender, hatte fundierteres Wissen und bessere Umgangsformen.

Während einer Verhandlungspause in der Kantine beim Anstehen nach Kaffee fragte er Annegret, welches zweifellos große Interesse sie an diesem Prozess hätte. Sie drehte sich zu ihm um und entgegnete: „Ich bin gleichfalls Geschädigte der Heimanns, die nicht so töricht war zu klagen, um dem schlechten nicht noch gutes Geld nachzuwerfen!

Ich vertrete hier, wenn sie so wollen, die vielen stummen Betrogenen, die eine Anzeige scheuten! Was ihr Kollege gerade gesagt hat, ist der blanke Hohn! Er kann keinen Schaden erkennen!

Der Wahrheitsfindung würde in der Tat dienen, den Antrag zu stellen, fünfzig Buchhändler in den Zeugenstand zu rufen! Keine schlechte Idee!"

Sie erhielt den Kaffee, bezahlte und balancierte mit den beiden duftenden Tassen zu den anderen Zuhörern. Dort berichtet sie von dem gerade geführten Gespräch und es schloss sich eine lebhafte Diskussion an.

Zu Beginn des nächsten Verhandlungstages ließ der Vorsitzende nach dem Eröffnungsritus eine Pause eintreten, die Irritation auslöste, bis Lothar Heimanns Verteidiger fragte, ob seitens des Gerichtes neue Anträge gestellt würden. Daraufhin erwiderte der Richter, einen Moment gewartet zu haben, um die am vorherigen Verhandlungstag durch die Verteidigung angekündigten Anträge entgegen zu nehmen. Es seien ja etliche Anträge mündlich formuliert worden, die er schriftlich zu stellen gebeten hatte.

Die Verteidigung hatte keinerlei Anträge verfasst!

Ab diesem Zeitpunkt nahmen ihre Einlassungen an Häufigkeit, Schärfe und Ahnungslosigkeit deutlich ab.

Ein wenig bildet Annegret sich ein, dies könnte mit ihrem flüchtigen Gespräch mit dem Pflichtverteidiger zu tun haben.

Sie fühlte sich wie eine der Erinnyen, wenn sie die gesamte Verhandlungsdauer auf immer demselben Platz saß, stumm, mit kaum merklichem Mienenspiel der Verhandlung beiwohnte und sich Notizen machte.

Durch Anwesenheit wollte sie ihren Part beitragen, den die anderen durch Anzeigen geleistet hatten und wegen zu großer Entfernungen oder Zeitmangel den Prozess nicht verfolgen konnten.

Anträge auf Vernehmung weiterer Zeugen zu bestimmten betrieblichen Abwicklungen, die Lothar Heimanns Verteidiger in den ersten Tagen zur Entlastung der Angeklagten vorzuladen beantragte, deren derzeitigen Wohnsitz das Gericht ermittelte, um sie kurzfristig vorladen zu können, erwiesen sich sämtlich als Fehlschläge!

Sei es, dass sie nicht in dem fraglichen Zeitraum beim Verlag beschäftigt waren, der eine auffällig hohe Personalfluktuation hatte, oder mit anderen Aufgaben betraut waren.

Die durchschnittliche Verweildauer war ein dreiviertel Jahr und nur wenige hatten keine finanziellen Forderungen gegen ihre ehemaligen Arbeitgeber.

Ja, die Urteile seien rechtskräftig; in einem Zivilprozess die Ansprüche anerkannt, in einigen Fällen waren Säumnisurteile ergangen, weil die Beklagten nicht an den Terminen teilnahmen, lauteten die Antworten der von der Verteidigung nachträglich vorgeschlagenen Zeugen.

Zum strittigen Punkt konnten sie nichts Entlastendes aussagen und durch ihre weiteren Einlassungen waren sie eher belasteten.

Man fragte sich im Stillen, warum der Verleger nach jedem sich bietenden Strohhalm griff, um stets aufs Neue damit zu ertrinken?

Ebenso stellte sich Annegret die Frage, wie viele Prozesse diese beiden Menschen in ihrem Leben veranlasst hatten? Es schien, als seien sie gute Arbeitsbeschaffer für Gerichte.

Wer kommt für die immensen Kosten auf?

Bezahlt jemand, der Ansehen, wirtschaftliche Erfolge und Seriosität vorgaukelt, jedoch auf Kosten anderer lebt, die Rechnung?

Er herrscht über Angestellte – nutzt ihre Arbeitskraft aus, zahlt kurze Zeit Gehalt und führt durch seine Säumigkeit zwangsläufig das Ausscheiden aus dem Betrieb und gerichtliche Auseinandersetzungen wegen des Lohnausfalls herbei. Er verweigert Mietzahlungen und Lieferantenforderungen, geht nach Gutdünken mit Autorenverträgen um und sollte die anfallenden Gerichts- und Anwaltskosten freiwillig bezahlen?

Immer deutlicher wird das Bild von Menschen, deren gesamtes Trachten sich um die Frage dreht, wie andere auszunutzen und zu betrügen seien.

Sie erscheinen liebenswert, solange sie Geldquellen wittern. Wenn sie für Momente in ihrer Traumwelt des Erfolges leben, sind sie charmant und erfindungsreich bis die Wirklichkeit sie einholt. Eine Wirklichkeit des für ihre Ansprüche stets unzureichenden Geldes, das für die Miete eines Privathauses und Leasing-Raten eines Luxuswagens, aber auch von erheblichen Aufwendungen für Anwalts- und Gerichtskosten geschmälert wird.

Die monatlichen Ratenzahlungen für die Abtragung von Gerichtskosten ergeben in den letzten Jahren hohe Summen. Obwohl einzelne Raten nur zwanzig DM monatlich betragen, können die Heimanns fast allein einen

Beamten mit der Abwicklung der Zahlungen beschäftigen, ließ man in der Gerichtskantine durchblicken.

Dass er nicht begriff, wie jemand so viel Energie und Geld für Prozesse aufzuwenden im Stande war, schilderte ein ehemaliger Gesellschafter. Seine Stimme drückte Erstaunen und Unverständnis aus, als er berichtete, dass es schon zu seiner Zeit viele Rechtsstreitigkeiten gegeben habe.

Nach Beendigung des Germanistik- und Erdkundestudiums während der Suche nach einem Arbeitsplatz erschien ihm das Angebot der Beteiligung an diesem Verlag verlockend. Er nahm ein Jungunternehmerdarlehn auf, legte die 50.000 DM als Gesellschafterkapital ein und arbeitete nicht ganz ein Jahr lang im Verlag.

Zunächst erfolgten die monatlichen Vergütungen für seine Tätigkeit in der Autorenbetreuung und im Lektorat pünktlich, später bezog er nur noch unregelmäßig Gehalt.

Immer häufiger hatte er, obwohl das eigentlich nicht in sein Aufgabengebiet fiel, Verhandlungen wegen der Verlängerungen von Krediten mit Banken zu führen und Zweifel an der Liquidität traten bald wegen allgemein schleppender Zahlungen auf.

Über die maroden Finanzen des Verlages verschaffte er sich genauere Kenntnisse, als das Ehepaar Heimann zu einer Australienreise aufbrach und er deren Abwesenheit nutzte, um in Geschäftsunterlagen zu stöbern.

Hierauf löste er die Verträge mit der Firma, um nicht noch mehr Geld zu verlieren.

Der besonnenere Verteidiger wandte an einer Stelle der Zeugenaussage ein, Herr Dr. Acker möge sehr genau überlegen, was er sage, um sich nicht selbst einer Strafverfolgung auszusetzen, denn immerhin sei er Gesellschafter des Verlages gewesen.

Das Gericht rechnete wegen der Verjährung nach und stellte fest, dass die Vertragsauflösung gerade fünf Jahre zurücklag und der Zeuge deshalb nicht von seinem Zeugnisverweigerungsrecht Gebrauch machen musste.

Annegret malte sich aus, wie groß die Freude des mit akademischen Graden Ausgezeichneten über die sich ihm im Verlagswesen bietende Chance gewesen sein musste, der seinen Arbeitsplatz als Mitunternehmer gesichert sah und wie tief die emotionalen Erschütterungen, als er erkannte, mit welchen Versprechungen er hinter das Licht geführt und betrogen worden war!

Sie fragte sich, wie er und auch die anderen Zeugen, zu einer hassfreien Aussage fähig waren, die vom Vorsitzenden Richter mit den Worten eingefordert wurde, wie sie in den jeweiligen Belehrungen stehen: „Als Zeuge sind sie verpflichtet, die Fragen des Gerichtes wahrheitsgemäß zu beantworten. Sie dürfen nichts weglassen, aber auch nichts hinzufügen, dürfen nicht tendenziös berichten, so dass ihre Aussage in der einen oder anderen Weise gewichtet wird. Ich mache sie darauf aufmerksam, dass sie am Schluss ihrer Aussage vereidigt werden können. Bei einem Meineid können sie mit einer Gefängnisstrafe bis zu fünf Jahren belegt werden, bei nicht eidlicher Falschaussage mit einer Gefängnisstrafe bis zu einem Jahr. Sie haben ein Zeugnisverweigerungsrecht, wenn sie sich oder einen nahen Verwandten durch ihre Aussage belasten würden ...“

Knapp fiel die Aussage der letzten dort beschäftigten Sekretärin aus, die emotionslos wirkte.

Sie war über zwei Jahre im Verlag beschäftigt, und somit eine der am längsten dort Arbeitenden.

Als Annegret den ersten Kontakt knüpfte, bediente sie bereits das Telefon und schied kurze Zeit nach dem Gespräch aus, in dem sie die Frage nach den Gehaltszahlungen zögerlich mit: „Diesen Monat habe ich das Geld noch nicht erhalten!" beantwortete. Damals hatte sie noch hinzugefügt: „Wenn es nach meinem Urlaub weiterhin so unregelmäßig kommt, suche ich mir eine andere Stelle!"

„Was haben sie vorher gemacht?" „Ich war in der Innenrevision eines Versicherungsunternehmens tätig. Dort bin ich ausgeschieden, weil ich mich um einen Pflegefall zu kümmern hatte. Als meine Mutter verstorben war, lernte ich Frau Heimann kennen. Ich fand sie nett und sie brauchte eine Sekretärin.

Anfangs war die Arbeit hier wirklich schön, aber in letzter Zeit werde ich immer häufiger als Laufbursche benutzt, der Nachrichten übermitteln muss. Wenn die Heimanns nicht miteinander sprechen, schickt mich der Eine zum Anderen mit dem Auftrag: ‚Sagen sie mal meinem Mann, dass ...' oder: ‚Bestellen sie mal meiner Frau, dass ...'"

„Oh, wie fürchterlich", flocht Annegret ein. „Für eine derartige Aufgabe werden sie bestimmt zu hoch bezahlt?"

„Ich verdien' nicht viel, aber es hat mich gereizt, in einem Verlag tätig zu sein. Ich bin ja schon über fünfzig und da ist der Wiedereinstieg nicht ganz so leicht!

Die Botengänge gehen ja noch. Schlimm ist es, wenn die Beiden sich hier streiten. Das geht absolut unter die Gürtellinie und macht mich sehr nervös! Manchmal warten Autoren, was der Chef und die Chefin nicht wissen und die werden Zeugen dieser Unflätigkeiten. Dann geh ich zu ihnen ins Büro und zeige an, dass es reicht!"

„Wie viel tägliche Zeit nimmt eigentlich das Besänftigen von Autoren ein? Ich, für meinen Fall, kann mir schlecht vorstellen, immer und immer wieder sagen zu müssen: ‚Ach, ist das Geld noch nicht angekommen? Das müsste aber bereits da sein! Meines Wissens ist das längst angewiesen!' - ‚Nein? Wirklich nicht? Dann will ich doch noch einmal nachfragen!' oder: ‚Die Bücher sind schon längst versandt worden. Zumindest ist die Anweisung dazu von mir vor langer Zeit erteilt worden.

Dann will ich gleich im Lager nachfragen, warum da jemand auf der Leitung steht?'

Ich habe zu meinem Mann gesagt: ‚So lange Frau Großmann noch dort beschäftigt ist, wird zumindest noch das Telefon bedient. Wenn die mal nicht mehr da ist, wird es ganz bedenklich!"

„Das Abwimmeln von Autoren hält sich zeitlich in Grenzen. Viel schlimmer ist, dass mir die Lügen bereits so schnell von der Zunge gehen, dass ich nicht einmal mehr darüber nachdenken muss. Das erschrickt mich immer wieder!"

„Sie haben ja in dem Punkt gute Lehrmeister. Ich erwarte nicht, dass sie mir zustimmen, möchte dennoch laut und deutlich sagen, dass ich inzwischen weiß, dass zumindest Herr Heimann fast schneller lügt, als er sprechen kann!"

Während der Zeugenvernehmung sagte Frau Großmann aus, in dem Verlag „Kind für alles" gewesen zu sein, schwerpunktmäßig für Telefon und Rechnungswesen.

„Erst lief alles glatt. Später kamen immer häufiger Unzufriedenheiten auf, weil die Bücher nicht fertig waren. Es wurde immer und immer wieder angerufen und nachgefragt! Zum Ende meiner Tätigkeit war das Gang und Gäbe.

Die Honorarabrechnungen wurden mit einem Computerprogramm durch mich erstellt.

Auch hier gab es Beschwerden, weil die Autorenhonorare nicht flossen.

Später wurden auch die Gehälter schleppend gezahlt. Es gab jede Menge Mahnbescheide, die ich jedoch nicht öffnete. Aber es drehte sich immer alles ums Geld!"

„Wussten nur die Angestellten etwas von den Lieferschwierigkeiten?" fragte der Richter.

„Das war bei der Geschäftsleitung bekannt, dass die Bücher nicht da waren. Die Rechnungen, die ich schrieb, blieben liegen, wenn die Bücher nicht fertig waren. Manchmal war das monatlich ein ganzer Stoß! Wenn der Großhandel uns unter Druck setzte, wurden wieder Bücher erstellt, weil der Großhandel auch zügig zahlte."

„Haben sie noch Forderungen gegen ihren ehemaligen Arbeitgeber?", fragte der Vorsitzende. „Und ob!"

„Wie hoch belaufen die sich?"

„Auf 23.000 DM!"

Lothar Heimann schüttelte seinen stets bluthochdruckroten Kopf und tuschelte mit seinem Verteidiger.

Der richtete nach der Befragung durch das Gericht nervös, haspelig an Frau Großmann die Frage nach dem Grund ihres Ausscheidens.

„Sind sie nicht fristlos gekündigt worden? Nennen sie doch mal die Gründe dafür! War es nicht so, dass sie Geschäftsinterna ausgeplaudert haben?"

Er erweckte den Eindruck, ein bedeutungsvolles Geheimnis gelüftet zu haben und wusste nicht, dass auch dieser Schuss wieder nach hinten losgehen würde.

Barbara Großmann antwortete scheinbar ruhig, es stimme, dass ihr fristlos gekündigt worden sei mit der Begründung, sie habe zu eng mit Produktion und Versandt zusammengearbeitet, die sich zu der Zeit am Bahngelände befanden.

„Ich musste mit dem Drucker mehrmals täglich Kontakt aufnehmen und über Bestellungen sprechen!"

„War es nicht so, dass sie mit ihm auch über finanzielle betriebliche Angelegenheit gesprochen haben?"

„Wenn er mich fragte: ,Frau Großmann, sie sind doch näher dran, bekommen wir wohl heute Gehalt? Es ist doch schon der Neunte! Meine Frau dreht bereits am Rad!' Dann habe ich gesagt: Ich weiß auch noch nichts!

Manchmal habe ich ihm von meinem Privatgeld etwas zum Tanken geliehen!"

„Wie ist denn das Arbeitsgerichtsverfahren

ausgegangen? Sie sind doch zum Arbeits-
gericht gegangen und haben auf Wiederein-
stellung geklagt?
Warum musste der Verlag sie nicht wieder
einstellen? Das wollten sie doch wohl mit der
Klage bezwecken!"
„Ich habe nicht auf Wiedereinstellung geklagt!
Dort weiter zu arbeiten, wäre für mich undenk-
bar gewesen. Ich habe geklagt, um die fristlose
Kündigung umzuwandeln und wegen meines
ausstehenden Gehalts!" führte Barbara
Großmann mit unterdrückter Empörung in der
Stimme aus.
Der Vorsitzende fragte sie, wie der Prozess
ausgegangen sei und hörte, dass sie gewonnen
habe, ihr das Geld zugesprochen worden sei,
das sie zur Konkurstabelle angemeldet habe.
     Die von Annegret und ihrem Mann mit
Spannung erwartete Aussage des Konkurs-
verwalters erfolgte am letzten Tag der
Beweisaufnahme. Er berichtete, dass die
Buchführung in einem derart desolaten
Zustand vorgefunden wurde, wie er in der
heutigen Zeit äußerst selten anzutreffen ist!
„Herr Heimann hat wohl zumindest die
Bilanzen selbst erstellt; ansonsten haben wir
nur sehr wenige Akten vorliegen gehabt. Das

mag damit zu tun haben, dass mein Büro nicht der erste Konkursverwalter war.

Ich erinnere, dass zunächst ein Kollege im Eröffnungsverfahren tätig war, der mit den Eheleuten Heimann wohl überhaupt nicht zurecht kam.

Ihm sei der Zutritt zu den Räumen verwehrt worden, so dass er sich schließlich in der Durchführung seiner Arbeiten derart eingeschränkt fühlte, dass er die Konkursverwaltung niederlegte.

Sein Verhältnis zu Dagmar und Lothar Heimann war unüberbrückbar gestört!

Gegenüber meinen Mitarbeitern zeigte sich das Ehepaar Heimann auch nicht besonders kooperativ, jedoch wurden sie nicht an ihrer Arbeit gehindert!

Aus welchem Grund uns so wenige Akten zur Verfügung standen, ist nicht bekannt. Wie gesagt, wurde uns von dem Kollegen nur eine geringe Anzahl übergeben."

Annegret konnte sich denken, wo ein Großteil der Unterlagen sein mochte, denn bei ihrem sonntäglichen Besuch im Gewerbegebiet hatte Frau Heimann von einer Polizeiaktion gesprochen.

Sie sagte: „Kürzlich wurde bei uns eine

Hausdurchsuchung vorgenommen! Da wird einem ganz anders zu Mute, wenn man so etwas erlebt! Man steht wehrlos dabei und sieht zu, wie die sich hier aufführen! Mir war ganz flau im Magen!"

Annegret schwankte zwischen Mitleid und Triumph, als Lothar Heimann sich überschlug zu erklären, während er seine Frau zurechtweisend ansah und einen unbefangenen Eindruck zu machen versuchte.

„Das hatte nichts mit unserem Verlag zu tun, verstehen sie das richtig! Oder nur insoweit, als ein Autor aus dem Rheinland in seinem Buch den Namen eines Bekannten verwendet hatte, der sich beleidigt und verunglimpft fühlte.

Da wollte die Staatsanwaltschaft die hier auf Lager liegenden Bücher dieses einen Autoren beschlagnahmen!

Das war der Grund! Da nimmt der Dösbaddel einen richtigen Namen und schreibt dann noch Schlechtes über ihn! Das müssen sie sich mal vorstellen! Hahaha! Und wir hatten die Aufregung!"

„So was macht man wirklich nicht!", entgegnete Annegret. „Jeder Autor reflektiert Erlebtes, muss jedoch darauf achten, dass Namen und Handlung so verändert werden, dass sich niemand wiedererkennt! Sonst ist der Ärger vorprogrammiert!"

Das Verlegerehepaar stimmte ihr zu.

Während der Vernehmung des Konkursverwalters musste Annegret sich zurückhalten zu sagen: „Die Unterlagen werden bei der Staatsanwaltschaft sein!"

„Wir haben Ermittlungen nach hohen Druckkostenrechnungen angestellt, fanden keine Unterlagen und es gab auch keine entsprechenden Anmeldungen zur Konkurstabelle. In den Geschäftsräumen befand sich lediglich ein hochwertiger Kopierer. Ob damit die Bücher erstellt wurden, entzieht sich meiner Kenntnis. Ferner gab es auch keine Belege für Werbung. Aber gerade der Posten Werbung ist bei Verlagen bekanntlich hoch."

Auf die Frage des Vorsitzenden, wie sich die Übertragung der Autorenverträge nur kurze Zeit vor der Eröffnung des Insolvenzverfahrens abgespielt habe, antwortete der Konkursverwalter:

„Ich sah keinen Grund, die Vereinbarung, die die Übertragung der Autorenverträge regelte, anzuzweifeln.

Als Gegenwert stand da eine hohe Bürgschaftsverpflichtung.

In der Gläubigerversammlung haben die Anwesenden beschlossen, die Bürgschaft in Anspruch zu nehmen und auf die Rückführung der Verträge zu verzichten. Der konkreten Größe der Bürgschaft von dreihunderttausend DM stand der nicht abschätzbare Wert der Autorenverträge gegenüber.

Von Anfang an stand nicht einmal fest, ob es die Bücher überhaupt gab.

Der Übernahmevertrag ist außergewöhnlich, wenn nicht suspekt, da die Bücher nicht einzeln aufgeführt waren. Es gab keine Aufstellung der Bücher, lediglich der gesamte Bestand wurde an die neu gegründete Firma verkauft!

Hätte die Konkursverwaltung die Autorenverträge übernommen, hätten wir die auch alle erfüllen müssen! Da kann man sich vorstellen, wie lange das Verfahren gedauert hätte. Im Übrigen lagerte in den Räumen im Gewerbegebiet nur eine geringe Anzahl fertiger Bücher, soweit ich mich erinnere.

Es gab unendlich viele Anfragen von Autoren, die ihre Verträge zurückbekommen wollten! Telefonisch haben wir schließlich nichts mehr abgewickelt, sondern haben die Autoren gebeten, Anfragen schriftlich zu formulieren, weil ein Mitarbeiter ausschließlich Telefondienst in der Angelegenheit hätte machen müssen. Die Abwicklung mit den Autoren war extrem zeitaufwändig!"

„Wurde die Bürgschaft bedient?" fragte der Richter.

„Zunächst ja! Wir gewährten dem Bürgen monatliche Ratenzahlungen in Höhe von fünftausend DM, sodass sich die Konkursabwicklung allein schon aus diesem Grund über vier Jahre hingezogen hätte. Nach einigen Monaten jedoch wurde der Bürge selbst notleidend und meldete Insolvenz an, so dass das Konkursverfahren Heimann zwischenzeitlich mangels Masse eingestellt wurde.

Die Frage des Vorsitzenden Richters, ob im Verlaufe des Verfahrens Kenntnisse auf Konkursvergehen und Konkursverschleppung erlangt wurden, beantwortete der Konkursverwalter ausweichend mit:

„Ich bin von meiner Seite nicht dem Vorwurf der Konkursverschleppung und des Konkursvergehens nachgegangen. Ich bringe Vergehen in der Regel nicht zur Anzeige.

Unternehmer sind durch die Eröffnung des Konkurses in einer Ausnahmesituation, die ich, wenn es eben vertretbar ist, nicht noch zusätzlich verschärfen möchte.

Sicher gibt es häufiger Zeichen auf unkorrektes Geschäftsgebaren, wenn zur Abwendung eines Konkurses mit nicht legalen Mitteln operiert wird!"

Dieser Verhandlungstag war bereits mittags beendet.

Annegret und ihr Mann gingen in die Gerichtskantine. Es gab Pizza.

Die Beteiligten besprachen, wie das Verfahren weiter gehen soll.

Der Vorsitzende verkündete, dass von seiner Seite nichts dagegen stünde, die Beweisaufnahme an dieser Stelle zu schließen und die Plädoyers des Staatsanwalts und der Verteidiger am nächsten Verhandlungstermin zu hören.

Lothar Heimanns Verteidiger nutzte die scheinbar letzte Gelegenheit zu einem haspeligen Angriff auf das Gericht und sagte mit bitterem Unterton in der noch immer kratzigen Stimme, er stelle noch einmal den Antrag, die Bilanzen der Jahre 1996 und 1997 zu prüfen, um zu belegen, dass sehr wohl Gewinne erzielt wurden. Aber alles, was er zur Entlastung vortrüge, bliebe unberücksichtigt.

„Zu welchem Zweck sollen die Bilanzen herangezogen werden?" fragte der Richter.
„Wir haben bereits an anderer Stelle ausgeführt, dass in diesem Fall der Angeklagte, der die Bilanzen selbst erstellte, zugleich als Zeuge in seinem eigenen Prozess aussagen müsste.

So etwas sieht die Verfahrensordnung nicht vor und ohne Zeugenbefragung geht das nun mal nicht. Das wissen sie, Herr Verteidiger, genau so gut wie ich!

Zudem liegen die Bilanzen nur in Kopie vor! Für dieses Verfahren sind sie irrelevant, da wir das Verfahren der Stillen Gesellschafter abgetrennt haben."

„So was macht man, wenn man schlampig gearbeitet hat! Überhaupt, so frage ich mich, was ist das für ein Verfahren, bei dem erst von achtundvierzig Anklagepunkten gesprochen wird, von denen letztlich dreiundzwanzig zur Anklage kommen!

Hier ist immer von Vorsatz die Rede!

Ein Verlag macht ein Geschäft mit Büchern, wenn er sie verkauft!" führte er erregt aus, wie jemand, der mit dem Rücken zur Wand kämpft.

„Schlechterfüllung von Verträgen ist kein

Betrug! In dem einen oder anderen Fall kann ich höchstenfalls Täuschung erkennen, aber keinen Betrug!"

Alles liefe auf eine Vorverurteilung hinaus, führte er weiterhin aus. „Ich möchte es fast ablehnen, ein Plädoyer zu halten, werde es jedoch tun!"

„Das hört sich nach einem Befangenheitsantrag an!", erwiderte der Vorsitzende Richter.

„Nein, es hält sie niemand für befangen!" bemühte sich der Verteidiger zu versichern. „Aber hier wird immer von der Gewerbsmäßigkeit des Betruges gesprochen!

Die ist nicht gegeben!

Nur in einem geringen Prozentsatz hat nicht alles geklappt!" betonte er trotzig wie ein kleiner Junge, dem sein Lieblingsspielzeug abhanden gekommen ist und fuhr fort: „Ich stelle zum wiederholten Male den Antrag, dass das Gericht sich das Lager anschaut. Ich verstehe nicht, dass das nicht schon lange geschehen ist. Nur durch eine Inaugenscheinnahme lässt sich der Beweis führen, dass alle Bücher lieferbar sind.

Auch die Staatsanwaltschaft hielt es seinerzeit nicht für nötig, dieser Aufforderung nachzukommen! Da werden Möglichkeiten der Entlastung meiner Mandantschaft einfach nicht wahrgenommen,"

„Zu den verschiedenen Punkten ihrer Ausführungen: Eine Besichtigung des Lagers würde dem Gericht doch nur den jetzigen Lagerbestand vorführen, nicht aber den des hier interessierenden Zeitraums.

Punkt zwei: Wir verhandeln hier die Fälle, die nicht geklappt haben. Das zur Orientierung! Das Gericht schlägt vor, die Angeklagten mögen Autoren benennen, bei denen alles problemlos gelaufen ist," erwiderte der Richter.

Annegret lächelte verschmitzt und dachte, das ist der richtige Ansatzpunkt!

Der wurde jedoch von der Verteidigung nicht aufgegriffen.

„Punkt drei: Der Tatbestand des Vorsatzes ist aus der Beweislage ersichtlich! Der Vorwurf der Gewerbsmäßigkeit wird genauestens geprüft werden.

Punkt vier: Das Gericht hat darauf verzichtet, alle zur Anzeige gebrachten Fälle weiter zu verfolgen, um eine Ausuferung des Verfahrens zu vermeiden. Das Gericht verfolgte nicht weiter die Befragung der anderen Zeugen nach meinem Befragungsschema vor Richtern der jeweiligen Amtsgerichte durchführen zu lassen, weil von Verteidigerseite hierzu Vorbehalte geäußert wurden.

So beschränkte sich das Gericht auf die Verfolgung der Verfahren, zu denen hier bereits Zeugenvernehmungen stattgefunden hatten," fuhr der Vorsitzende fort.

Ein Schöffe beantragte eine Pause zur Beratung.

Als die Verhandlung fortgesetzt wurde, bat der Vorsitzende um Stellungnahme, wie die Äußerung des Verteidigers gemeint war: „So etwas macht man, wenn man schlampig gearbeitet hat."

Er fragte, ob der Vorwurf sich gegen das Gericht richte.

Lothar Heimanns Verteidiger entschuldigte sich. Mit seinem Einwurf sei auf gar keinen Fall die Arbeit des Gerichtes gemeint, sondern der Staatsanwaltschaft!

Am nächsten Verhandlungstermin sollten die Plädoyers gehalten werden und Annegret und ihr Mann reisten mit neugieriger Anspannung nach Hagen, jedoch gab es nach der Eröffnung der Verhandlung eine Abweichung!

Der Vorsitzende des erweiterten Schöffengerichts entschuldigte die Änderung und teilte mit, wieder in die Beweisaufnahme einsteigen zu wollen, da er einen großen Wust von Geschäftsakten des Verlages in der Asservatenkammer entdeckt habe, die er zwar nicht in ihrer Gänze zum Gegenstand des Verfahrens machen wolle, jedoch insoweit, wie sie das Lektorat betreffende Belege enthielten.

Er wolle sich nicht des Vorwurfes aussetzen, nicht alle zur Verfügung stehenden Belege zur Entlastung der Angeklagten zugezogen zu haben. Bei einer ersten Durchsicht der Akten seien ihm Quittungen über Lektorat aufgefallen.

Da der Punkt des erbrachten oder nicht erfüllten Lektorats ein zentrales Thema dieses Verfahrens sei, erbäte er sich die Möglichkeit, weitere Entlastungszeugen zu laden.

Die Verteidigung stimmte zu.

Die Verhandlung wurde nach kurzer Befragung der Angeklagten nach Anschriften ehemaliger Lektoren geschlossen.

Noch weitere Verhandlungstage, dachte Annegret entmutigt! Sie begann ihre Sturheit fast zu bereuen.

Als sie von der Anklage erfuhr, beschloss sie, den Prozess zu verfolgen. Naiv hatte sie mit zwei bis drei Verhandlungstagen gerechnet und war erstaunt, als ihr sechs Termine mitgeteilt wurden.

Heute war schon der achte Verhandlungstag und es würde weitere geben!

Ihre Rolle als Racheengel begann zu belasten!

Nur gut, dass sich ihr Mann zu einem eifrigeren Zuhörer als sie selbst entwickelte.

Ab dem zweiten Verhandlungstag durfte sie praktisch nicht fehlen, nachdem sie im Eingangsbereich verbal von Dagmar Heimann angegriffen wurde, der sichtlich unangenehm war, dass jemand durchgängig den Prozess verfolgte.

Den Triumph ihres Zurückweichens wollte Annegret den notorischen Lügnern und Betrügern nicht überlassen. So musste sie nach Hagen, ob sie wollte oder nicht! Zu dieser Zeit notierte sie auf ihrem Block: Hoffentlich ist der Prozess bald zu Ende, damit wir zu Hause bleiben können.

Nach jedem Verhandlungstag waren sie empört über so viel Schurkerei.

Besonders bewegend war das Verhör eines Stillen Gesellschafters aus Leipzig.

Der hatte zunächst ein Buch beim Verlag Heimann verlegen lassen, zu dem er Kontakt auf der Leipziger Buchmesse geknüpft hatte. Bei der Buchvorstellung vertiefte sich der gute Kontakt zum Verlegerehepaar. Sie waren ihm sympathisch und bald machte Lothar Heimann den Vorschlag, ob der Zeuge nicht für den Verlag tätig sein wolle.

„Hier, in den neuen Ländern Fuß zu fassen, bedarf es einer Mentalität, die wir Westler nicht haben! Deshalb sind wir im Osten auch noch ziemlich unbekannt!

Günstig wäre, wenn hier für uns jemanden arbeiten und Werbung für uns betreiben würde, sagte der Herr Heimann damals.

Mir erschien das ein verlockendes Angebot. Ich habe zuvor im Marketing gearbeitet und beziehe nach einem Unfall eine kleine Rente. Also habe ich Zeit und die Qualifikation, um eine solche Aufgabe zu übernehmen. Ich würde meine Vorgehensweise planen, wollte die Buchhandlungen, zunächst im Umkreis, besuchen, den Verlag und sein Angebot vorstellen.

Für meine Tätigkeit sollte ich dreißig DM pro Stunde erhalten. Ich könnte mir das Ganze in Ruhe überlegen und mir mit meiner Entscheidung Zeit lassen, wurde gesagt. Als ich nach zwei Tagen beim Verlag anrief und mitteilte, ich wolle die Tätigkeit aufnehmen, hieß es von dem Herrn Heimann, das Angebot gelte nur, wenn ich mich als Stiller Gesellschafter mit einer Einlage von fünfzigtausend DM am Verlag beteiligen würde.

Ich fragte, ob es nicht auch eine geringere Einlage sein könne, weil ich so viel Geld gar nicht habe. Die Abfindung, die ich nach meinem Unfall erhielt, hatte ich ins Haus gesteckt.

Aber der Herr Verleger hat geantwortet: Fünfzigtausend oder gar nichts! Ich könne ja das Haus belasten, hat er vorgeschlagen!

Ich habe geantwortet, dass ich mir das noch überlegen müsse und beriet mich mit meiner Bekannten. Wir kamen überein, dass ich ein Darlehn beantragen würde.

Nun wollte mir die Bank zunächst keines gewähren, weil die Bilanz, die ich vorlegte, nicht gestempelt war. Also schickte mir der Herr Heimann ein abgestempeltes und unterzeichnetes Exemplar der Bilanz und ich erhielt ein Darlehn über vierzigtausend Mark, höher war nicht möglich.

Er war sehr nett, als ich ihm das mitteilte und er sagte, dann verrechnen wir die Restsumme mit ihrem Gehalt.

Das war ein freundliches Angebot, glaubte ich damals.

Ich nahm meine Tätigkeit auf, besuchte Buchhandlungen, verfasste Pressemitteilungen, organisierte Lesungen! Ich sollte meine Arbeitszeit auflisten und die Tätigkeitsfelder dazuschreiben!

Als ich die erste Abrechnung zum Verlag schickte, wurde mir durch Frau Heimann mitgeteilt, dass ich gewisse Arbeiten berechnet hätte, die nicht verabredet gewesen seien.

Nun gut, habe ich gedacht, dann habe ich mich wohl verhört, dann streichen wir diese Posten.

Als etwa sechsundzwanzigtausend Mark zusammengekommen waren, die ich nach den neuen Richtlinien ermittelt hatte, bestand ich darauf, die sechzehntausend ausbezahlt zu bekommen, weil ja nur zehntausend für die Einlage als Stiller Gesellschafter verrechnet werden mussten.

Schließlich hatte ich alles getan, was von mir verlangt wurde und mehr, hatte Autoren geworben, aber statt Geld kamen immer neue Ausreden.

Als es auch bei der Erfüllung der von mir vermittelten Autorenverträge Unkorrektheiten gab, habe ich meinen Arbeitgeber angezeigt.

Ich hab mir gedacht, nachher machst du dich noch mitschuldig, wenn du Werbung für so eine Firma machst! Ich war ja auch noch Stiller Gesellschafter!

Mein Anwalt hat mir zu der Anzeige geraten! - Ja, es ist ein Urteil zu meinen Gunsten ergangen, aber Geld habe ich keins gesehen! Ich konnte meine Forderung zur Konkurstabelle anmelden! Aber, wie ich gehört habe, ist da auch nichts zu erwarten!"

„Den Prozess wegen der Geschäftsbeteiligungen werden wir aber nicht in voller Gänze verfolgen, obwohl ich schon gern wissen möchte, was die Prüfung der Buchführung ergeben hat. Verhandelt werden dann ja nur vier Fälle. Die Zeugenaussagen haben wir bereits alle gehört. Auch wird der Prozess bestimmt nicht so lang sein wie dieser," sagte Annegret auf der Rückfahrt.

Der Fall des betrogenen Leipzigers bewegte sie und ihren Mann zutiefst.

Da muss jemand Monat für Monat ein Darlehn abtragen und wird mit jeder Zahlung daran erinnert, wie sehr er von den Heimanns über den Tisch wurde. Sie waren freundlich, nett, erzählten und lachten viel, machten ihm ein Angebot, das Hoffnung verbreitete!

Hoffnung auf Anerkennung als Buchautor.
Hoffnung auf eine ansprechende Tätigkeit in
der Öffentlichkeitsarbeit eines Verlages, die
sich der Frührentner zeitlich einteilen und die
er inhaltlich gut erfüllen konnte.
Hoffnung auf die Wiedererlangung eines
Teiles seiner vorherigen Bedeutung.
Hoffnung auf eine gute Bezahlung und auf
Verzinsung seines Betriebsanteils sowie Aus-
schüttung von Gewinnen einer aufstrebenden
Firma.
Was blieb, war tiefe Enttäuschung und ein
Schuldenberg.
Diese Zeugenvernehmung zeigte die ganze
Niedertracht der Angeklagten, meinten die
Beiden auf der Rückfahrt.
Nach jedem Verhandlungstag atmeten sie auf,
waren froh, dass ihr Leben so sehr viel anders
verlaufen ist als das des fast gleichaltrigen
Verlegerehepaares.
Sie hatten die sich bietenden Möglichkeiten
genutzt, durch Ehrlichkeit und Zuverlässigkeit
ihr Geld zu verdienen, hatten keine hoch-
trabenden Pläne geschmiedet, sondern Zug um
Zug ihre Wünsche verwirklicht, mussten
manches zurückstellen, sich nach der Decke
streckten, gaben ihr eigenes Geld aus und

schielten nicht nach dem Luxus anderer.

Manchmal summte Annegret auf dem Rückweg den Refrain der Kalle-Blomquist-Filmmusik ihrer Kindheit: Ehrlich währt am längsten, wie hier bewiesen ist, durch Kalle Blomquist, den Meisterdetektiv, Kalle Blomquist, den Meisterdetektiv!

Sie diskutierten, was bei den Angeklagten alles falsch gelaufen ist.

Augenfällig war deren Wunsch, schnell und mühelos zu Geld zu gelangen.

Ihr Ziel wollten sie als Selbständige erreichen.

Nach Beendigung des Architekturstudiums wollte Lothar Heimann als Anlageberater die „dicke Kohle abgreifen".

Seine Redegewandtheit war Kapital und gute Vorbedingung für sein Unternehmen. Die erforderlichen Finanzmittel erbrachte sein Kompagnon, dem er auch die Schuld am Konkurs dieser Firma zusprach.

Auf Annehmlichkeiten, große Autos, Geld, Wichtigkeit, steuerlich absetzbare Fahrten nach Spanien und in weitere Länder, die er im Rahmen seiner Maklertätigkeit unternahm, wollte er auch in Zukunft nicht verzichten. Immerhin hatte er Verantwortung für eine Familie und musste schnell neue Erwerbsquellen finden.

Das verstand Annegrets Mann am wenigsten, dass während der Hochkonjunktur der beginnenden siebziger Jahre, jemand mit angeblich abgeschlossenem Architekturstudium keine andere Chance sah, als Finanzberater zu werden.

„Denk mal an den Hartmann! Der hat zu genau dieser Zeit begonnen! Ich glaube, unser erster Anbau war einer seiner allerersten Aufträge. Wir haben kaum fünfhundert Mark für seine Arbeit zahlen müssen - dafür arbeitet er heute vielleicht noch zwei Stunden!
Der hatte damals bereits drei Kinder.
Weißt du noch, wie einfach es bei ihm zu Hause zuging?
Und wo er wohnte! Und jetzt?
Er hat seine Chance genutzt!
Man sieht ja, was er für Projekte baut! Für uns würde der bestimmt keine Zeit mehr haben. Seine Kinder sind ebenfalls Architekten geworden und arbeiten in seinem Büro. Seine Tochter war für den Umbau unseres Bahnhofs im Gespräch. Sie hat wohl einen sehr guten Entwurf abgeliefert, meine ich gelesen zu haben. Ich glaube, gerade als Architekt hatte man damals gute Chancen!

Das beste Beispiel dafür ist Herr Hartmann! Aber auch Löhrmann, Wolf, Kramer, die haben sich alle zu jener Zeit selbständig gemacht und es weit gebracht!"

„Heimann wollte das schnelle Geld ohne große Mühe und Verantwortung! Spätestens nach vier Jahren musste er zum ersten Mal einsehen, dass das gar nicht so einfach war.

Ja, und von da ab waren alle Chancen vertan! Der konnte doch nie mehr offiziell viel verdienen, weil es ihm gepfändet worden wäre!

So entwickelte sich langsam eine Gauner-karriere.

Man darf sich ja wohl sieben Jahre lang nach einem Konkurs nicht mehr selbständig machen.

Da meldete Frau Heimann eine Immo-bilienfirma an. Auch die wurde nach einigen Jahren von Amts wegen abgemeldet! Was das bedeutet, weiß ich nicht, hört sich aber auch nicht gut an!

Zwischendrin war sie Vertreterin und aus der Zeit kommt ja dann die erste Verurteilung wegen Betruges, weil sie fortgesetzt Umsatz-steuerhinterziehung in Höhe von insgesamt einundsiebzigtausend Mark begangen hatte.

Da kam sie mit einer Strafe von dreißig Tagessätzen á fünfzig Mark davon.

Auch bei dem Verfahren wegen nicht abgeführter Sozialabgaben erhielt sie noch einmal eine Geldstrafe.

Die erste Haftstrafe wegen gemeinschaftlichen Betruges bekamen beide nach dem Konkurs ihrer Baufirma. Die war auch von vornherein unseriös. Häuser anzubieten, die 40 % unter dem ortsüblichen Preis lagen!

Dass das nicht klappen konnte, hätte er als Fachmann wissen müssen, beurteilte das Gericht diesen Punkt erschwerend. Und die vielen Nacharbeiten, auf denen die Bauherren hängen blieben!

Mit einem Maurer und zwei Hilfskräften wollte er ganze Häuser hochziehen.

Genau wie beim Verlag – viel zu wenig Personal für zu viel Arbeit.

Den Dachstuhl mussten die drei Männer auch richten! Ein Maurer und zwei Hilfsarbeiter sollten möglichst viele schlüsselfertige Häuser erstellen!

Von den Bauherren wurden Abschlagszahlungen verlangt, jedoch die einzelnen Gewerke nicht erstellt! Allein aus diesem Konkurs haben sie Schulden von sechshundertachtzigtausend Mark!

Ich habe mir ja über alles Notizen gemacht. Merken kann ich mir so viel nicht!

Der Vorsitzende spricht manchmal so schnell, dass ich Mühe habe zu verstehen. Begreifen kann ich vieles nicht. Das ist eine fremde Welt!"

„Und dann, während einer laufenden Bewährung mit den Betrügereien munter weiter zu machen!

Die scheinen außerhalb jeder Rechtsnorm zu leben. Erinnere dich mal daran, als sie uns erzählte, wie sehr sie sich ärgere, wenn sie wegen zu schnellem Fahrens geblitzt wird. Es ärgere sie nicht das Geld, das sie bezahlen müsse - wobei ich inzwischen doch glaube, dass sie das extrem wütend macht, weil sie es ist, die auf gar keinen Fall etwas bezahlt, sondern verlangt! Sie erzählte damals, es ärgere sie, dass sie die Radarkontrolle nicht rechtzeitig entdeckt habe. Sie fragte mich, ob ich das verstehen könne?

`Nein,´ antwortete ich, `das verstehe ich absolut nicht! Ich bilde mir nicht ein, Radarkontrollen so früh zu erkennen, um noch auf die vorgeschriebene Geschwindigkeit herunter bremsen zu können. Das würde im

Kehrschluss bedeuten, dass ich cleverer als die Polizei zu sein glaube. Nein, das habe ich noch nie gedacht! Die kennen ihre Ecken, um sich zu tarnen. Wenn ich erwischt werde, ärgere ich mich über das Geld, tröste mich jedoch mit dem Gedanken, dass ich viel häufiger zu schnell fahre, als ich geblitzt werde.´ Weißt du noch, wie fassungslos sie mich damals anschaute?"

„Die haben offensichtlich eine andere Rechtsauffassung als die meisten Menschen.

Ich wüsste wirklich gern, wieso die nach der Baupleite sofort wieder eine Firma anmelden konnten?

Stimmt das nicht mit den sieben Jahren Sperre? Oder war das möglich, weil sie ihren Sohn vorgeschoben hatten? Der war gerade erst volljährig geworden und konnte so mit eingespannt werden.

Der war bis zur Gründung von Fischer und Heimann persönlich haftender Gesellschafter, obwohl er in Stuttgart eine Anstellung hat und nie im Verlag tätig war! Die schrecken nicht einmal davor zurück, die Zukunft der eigenen Kinder zu belasten!"

Die wiederholte Erwähnung der nur wenigen Akten, die der Konkursverwaltung zur Verfügung standen, mag für den Vorsitzenden Richter Grund gewesen sein, in der Asservatenkammer des Amtsgerichtes nachforschen zu lassen. Man wurde fündig mit Ordnern und Mappen, die einen ganzen Aktenwagen füllten. Annegret beneidete den Vorsitzenden nicht, der ein Puzzle zusammenfügen musste.

„Da hat er sich ja etwas aufgeladen! Er wird Tag und Nacht arbeiten müssen, um alle Akten bis zum nächsten Verfahren durchzubekommen", sagte Annegrets Mann auf der Rückfahrt.

Dass das Ehepaar Heimann das Urteil aus diesen Prozess nicht akzeptieren würde, das Gefängnisstrafen statt des erhofften Freispruchs für sie bedeutete, war vielen klar! Sie gingen in die Revision!

Am Gerichtsverfahren vor dem Landgericht nahmen die Peters nur sporadisch teil. Sie hatten genug gehört und glaubten, dass das zuvor verhängte Strafmaß noch zu gering für die Beklagten war.

Diese fanden noch vermeintliche Verfahrensfehler beim Urteil des Landgerichts und der Gang zum Oberlandesgericht folgte.

Verhandlungen hier sind nicht öffentlich und so entzieht sich Annegret und ihrem Mann der

Ausgang der Geschichte.

Auf manche Erfahrung mit diesem Verlag hätte Annegret gern verzichtet, ist sich jedoch nicht sicher, ob sie überhaupt weiterhin geschrieben hätte, wären da nicht die positiven Erfahrungen mit den Lesern ihrer ersten Büchern gewesen.

Die Treppe nehmen

Er wollte schreiben!
Viele Themen hatten sich in seinem Kopf aufgestaut. An Ideen würde es bestimmt nicht mangeln. Treffende Formulierungen, die seine Leser begeistern würden, glaubte er zu finden. Er hatte früher stets die besten Aufsätze abgeliefert.
Als er freiberuflicher Mitarbeiter einer Verbraucherzeitschrift wurde, nach Feierabend über seiner Schreibmaschine saß und an Texten feilte, fühlte er sich seinem Ziel ein Stückchen näher.
Seine Artikel fanden Anerkennung.
Einige Jahre lang rechnete er an Monatsenden Zeilengeld und Fotovergütungen zusammen. Das Spritgeld zur Redaktion und zu den Presseterminen hatte er mit Sicherheit jeden Monat raus.
Eine Weiterentwicklung war die freie Mitarbeit bei einer Tageszeitung! Als sie ihm angeboten wurde, entfiel das Zeilenzählen. Das Entgelt erfolgte pauschal pro Artikel. Es deckte die Benzinkosten und den Computerstrom.
Der Durchbruch würde mit seinem ersten

Roman kommen, war er gewiss!

Sein großes Ziel, als Autor Karriere zu machen, hatte er nicht aufgegeben. In seiner Freizeit vertraute er seinem PC die tiefgründigsten Gedanken an.

In mühevoller Arbeit hatte er humorvolle Alltagsgeschichten aufgezeichnet, in denen sich die Leser erkennen, die sie zumindest aber erheitern würden.

Grübelnd hatte er Überarbeitungen vorgenommen und seine Familie zum Korrekturlesen verpflichtet. Deren Resonanz bestärkte ihn. Bezaubernd sei sein Text, sagten die Verwandten!

Einen Verlag zu finden, wäre die kleinere der beiden Aufgaben, war er überzeugt.

Diese Hürde, wenn man davon überhaupt reden konnte, würde er in hohem Bogen nehmen! Ein kleiner Verlag schloss sich von selbst aus.

Er suchte Erfolg!

Der konnte ihm nur bei einem der großen Verlage winken.

Nicht ohne Stolz ließ er das Manuskript beim Kopierservice mit einer Spiralbindung zwischen zwei dunkelgrüne – grün ist die Hoffnung – Pappdeckel heften.

Mit Rückantwortschein schickte er seinen mit Herzblut geborenen Schatz einem namhaften Verlag – und wartete!

Wenn er sich zweifelnd fragte, ob die Post überhaupt richtig zugestellt worden sei, verdrängte er den Gedanken schnell. Einerseits gab es den rosafarbenen Rückantwortschein, andererseits will gut Ding Weile haben, sagte er sich und hoffte weiter.

Nach langen Monaten erreichte ihn ein großer Umschlag. Beim Öffnen hielt sich die Angespanntheit die Waage zwischen Hoffen und Bangen, bis ihn tiefe Enttäuschung überfiel, als er den beiliegenden, höflichen Brief las. Zunächst bedankte man sich für das Vertrauen, das der Autor diesem Verlag entgegengebracht hatte. Der zweite Satz begann mit - „Leider …"

Inzwischen hat er viele dieser Schreiben bekommen, kennt wohl alle Ablehnungsformulierungen, von „… passt nicht ins Verlagsprogramm", „wir sind bis in das Jahr … ausgebucht und so lange wollen sie sicher nicht mit einer Veröffentlichung warten", „unangeforderte Manuskripte werden von uns nicht gelesen" oder „wir haben feste Autoren, mit denen wir zusammen arbeiten."

Die Briefe enden stets mit besten Wünschen für die Suche nach einem geeigneten Verlag und der Beteuerung, dass die Ablehnung nichts über die Qualität des Skripts aussage.

Diese Schreiben schmerzten.

Er las seine Geschichten zum wiederholten Male und war sicher, dass die Welt nicht schlechter werden würde, gäbe es dieses liebenswerte Buch!

Er verfasste weiterhin Texte, schrieb Verlagen, inzwischen ohne Rückantwortschein, wartete und wurde enttäuscht. Es dauerte lange, bis seine Hoffnungen stückweise starben und die Absagen nicht mehr so schmerzten.

Nicht einmal kleine Verlage waren an einer Veröffentlichung interessiert!

Wenn es Zusagen gab und die erhielt er meist schnell und häufig, kamen sie von Druck-kostenzuschussverlagen. Erstaunt war er zu lesen, dass große Schriftstellerkarrieren durch Eigenfinanzierung gestartet seien.

Eine Aufzählung bedeutender Literaten schloss sich an.

Es brauchte eine lange Zeit, bis er über seinen Schatten sprang, einen mental tiefen Fall vollzog und ebenso tief in die Geldbörse griff, um zu seinem ersten Buch zu kommen.

Er empfand wehmütigen Stolz, als der steinige Weg zum eigenen Druckwerk beendet war.

Das Lob der Leser ließ ihn seine innere Kehrtwendung entschuldigen und beflügelte ihn. Er schrieb, versuchte es weiter bei Verlagen bis - ja, bis es nach vielen Jahren klappte!

Inzwischen hat der Pensionär mehr Zeit für seine große Leidenschaft. Seit einigen Jahren gehört er zu den festen Autoren eines kleinen Sachbuchverlages.

Die Tiefschläge und Enttäuschungen, das Auf und Nieder bei seiner „Nebenerwerbskarriere" ließen ihn oft an den Ausspruch denken, dass man die Treppe nehmen muss, wenn kein Lift vorhanden ist.

Verlockung

Verwinkelt, unübersichtlich, eng, wie die Gassen dieses Ortes, durch die sie hastete, erschien ihr ihr Leben.

Steil bergan im Schatten der weißen Häuser, der gleißenden Sonne ausweichend, stieg sie über die ausgetretenen Quadersteine. Sie strauchelte, fing sich und setzte bedachter den Weg zur Aussichtsplattform am Kirchplatz fort.

Dort oben hoffte sie Ruhe zu finden.

Der Ausblick - einer Luftaufnahme gleichend - auf die unter ihr liegenden Gärten und Olivenhaine, auf die Flusswindungen, Wegkrümmungen und die Landstraße, auf der lautlos Fahrzeuge sich wie Spielzeugautos fort schoben. Der Blick auf diese Landschaft würde ihr Klarheit verschaffen, hoffte sie.

Schon häufig hatte sie verworrene Situationen erlebt, Irrwege, Sackgassen. Jedoch gab es auch stets Auswege.

Die richtige Richtung in dem jetzigen Labyrinth der Gefühle einzuschlagen, eine gute Entscheidung zu treffen, darum rang sie seit geraumer Zeit.

Während sie den geräuschlosen Verkehr in der

Tiefe beobachtete, sann sie nach, wie alles gekommen hatte.

Ihre fast fünfundzwanzig jährige Ehe, die beiden Kinder, die Liebe zu ihrem Mann – ein Irrtum?

Hatte sie ihr halbes Leben lang damit verbracht, sich ihre kleine Bürgerlichkeit als Ideal einzureden - die Erziehung der Kinder, die Begleitung durch deren Schul- und Studienzeit, der Wiedereinstieg ins Berufsleben, gemeinsame Urlaube am Mittelmeer, die Zuneigung zu ihrem Mann - alles sollte falsch und verlogen gewesen sein?

Ihr bisheriges Leben unterzog sie nach dem Blick dieser Frau einer kritischen Prüfung.

Sie fragte sich, wie sie diese zufällige Begegnung so tief aufwühlen konnte?

Bei ihrem ersten Kontakt hatte sie gedacht: `So schaut man keine Frau an!´ ohne zu ahnen, welch tiefe Wirkung die Blicke hinterlassen würden.

Später füllte der Gedanke an diese Frau sie gänzlich aus.

Kein anderes Ereignis hatte sie bisher so aufgewühlt, so erschüttert. Die Treffen mit der anderen waren unvergleichbar, die Tiefe der Gefühle lange unerlebt.

Unbeabsichtigt war sie in Strudel geraten, in denen sie sich unterzugehen fürchtete.

Am Ende einer Straße glaubte sie zu stehen, die sich gabelte.

Sie rang um eine Entscheidung zwischen Verlangen und Vernunft.

Trotz der Wärme schauerte ihr bei dem Gedanken, wie ihre Familie, die Freunde, die anderen reagieren würden, würde sie sich zur Aufgabe ihres bisherigen Lebens entschließen.

Während sie in die Tiefe blickte, beneidete sie all jene, die ihr Fahrzeug scheinbar gradlinig auf gewundenem Weg ihrem Ziel zusteuerten.

Im Gegensatz zu ihr schien von denen keiner Zweifel an der Strecke zu haben.

Dieser Blick von hier oben übte stets eine besondere Faszination auf sie aus!

Er machte Probleme kleiner und verschaffte Klarheit.

Nachdem sie lange hinunter gestarrt hatte, stieß sie unvermittelt ihren Körper vom kunstvoll geschmiedeten Gitter der Aussichtsplattform ab.

Ein nicht ausgegorener Entschluss hätte weitreichende Folgen, wurde ihr klar.

Die Bilder ihrer Kinder schossen durch ihren Kopf, während sie den sonnenheißen Kirchplatz überquerte, die mächtige, knarrende Zedernholztür öffnete und sich in die nach Weihrauch duftende Kühle begab.

Auf dem Weg

Seine Gedanken waren seit langem nicht so klar, wie während dieser Zeit, in der er in die Tiefe blickte.

Das Brückengeländer lag kalt in seinen Händen.

Kälte wehte durch seine wetterfeste Kleidung. An diesem nebeligen Herbstmorgen nahm er sie kaum wahr!

Langsam hatte sich die Unempfindlichkeit entwickelt. Seit vielen Jahren schon war er gefeit vor Witterungseinflüssen

Er versuchte sich zu erinnern, seit wann er ohne festen Wohnsitz lebte.

Es mochte etwas weniger als zwanzig Jahre sein.

Er sprach die Worte „zwanzig Jahre" aus und lauschte dem Klang seiner Stimme nach, wiederholte ungläubig leiser: „zwanzig Jahre?"

Etwa zwanzig Jahre auf der Platte!

Ganz sicher wusste er, dass heute sein Geburtstag war. Er wurde vierzig.

In diesem Alter hatte man in der Regel beruflich und privat einiges erreicht, das zu erhalten es galt, war ein- oder mehrmals verheiratet, hatte Kinder, ein Auto, möglicherweise ein Haus, zumindest eine Wohnung! Er besaß nichts von alledem und vermisste es auch nicht.

Die letzten beiden Jahrzehnte seines Lebens hätten ihm uneingeschränkt zugesagt, wäre da nicht seine Einsamkeit.

Beide Lebensabschnitte waren von einem gewissen Gleichmaß geprägt, wenngleich völlig unterschiedlicher Art. Zu dem Ergebnis gelangte er beim Blick auf die sich in der Ferne sanft nach rechts windende, vierspurige, laute Autobahn unter sich.

Seine ersten zwanzig Lebensjahre erschienen ihm in diesem Moment der Rückbesinnung schön.

Das Elternhaus mit dem weitläufigen Garten in Flussnähe. Im Gymnasium war er ein Überflieger. Obwohl der Jüngste der Klasse, sollte er – wie seine ältere Schwester auch - ein Schuljahr überspringen.

Seine Eltern verweigerten das den beiden Geschwistern. Die Kinder sollten sich Zeit lassen können.

Irgendwann nach Abitur und Bundeswehrzeit hatte er sich aus seiner behüteten Welt verabschiedet - ohne konkreten Grund, unbewusst, später nicht mehr rückgängig machbar - in seine Freiheit, deren Alltag ihn nun ausfüllte. Er war ungebunden, frei wie Wild, bis es von Straßenverkehr oder Kugeln gestoppt wird.

Er hatte Entscheidungen zu fällen, die ausschließlich Konsequenzen für seine Person nach sich zogen. Er konnte sich Regeln geben, die einzuhalten oder umzustoßen er selbst bestimmte.

Kein Mensch befahl ihm etwas und bestimmte über ihn, außer Drogen und Alkohol.

Schon lange hatte er seine Familie verloren. Eltern und Geschwister standen ihm bei, bis sie nach vielen Rückfällen die Hoffnung verließ und er das Ende seines Weges allein gehen musste.

Er schaffte schließlich den Ausstieg aus der Drogensucht.

Sich eigene Ziele zu setzen, wurde in unzähligen Behandlungen an ihn herangetragen.

So erkannte er es als eine seiner wichtigen Aufgaben früh aufzustehen, sein Quartier am Sportplatz zu verlassen, die Kleidung zu ordnen und zum Rathaus des kleinen Ortes zu laufen! Morgens waren die Toilettenräume weniger häufig frequentiert und so konnte er sich meistens ungestört waschen und kämmen. Verhasst waren ihm Störungen bei der morgendlichen Toilette. Er wich Begegnungen mit anderen Abortbenutzern aus, indem er sich auf eine der WC-Boxen zurückzog, wenn sich jemand auf dem Gang näherte.

Schritte vor der Toilettentür bedeuteten, den Rückzug anzutreten.

Hassenswert sind ihm die interessierten, erstaunten Blicke der Eintretenden, wenn Wasser von seinem Gesicht und Bart auf den Fußboden rinnt, die Fliesen glitschig werden lässt.

Er knurrt unverständliche Laute in seinen seit unendlich langen Zeiten wachsenden, üppigen, von grauen Strähnen durchzogenen Bart. Manchmal beschimpft er die Neugierigen laut.

Deren verständnisloses Kopfschütteln spürt er, während er sich abtrocknet und eilig, seine Utensilien in eine grüne Stofftasche verstauend, den Ort verlässt.

Seine regelmäßige Anwesenheit hatte zu verschiedentlichen Beschwerden und Hausverboten geführt, die er ignorierte. Sein ganzes Bemühen galt einer ungestörten, ausgiebigen Körperpflege in der Frühe.

Das zählte!

Diese Toilettenanlage im Rathaus war als einzige so früh geöffnet, mit textilen Endloshandtüchern bestückt, die schneeweiß, hygienisch aus der Blechtrommel hervorgezogen wurden und verschmutzt darin verschwanden.

Zum Haare abtrocknen, Flecken ausreiben und Schuhe putzen eignen sie sich besser als recycelte Papierhandtücher.

Nach der morgendlichen Körperpflege begibt er sich ein Stockwerk höher, um immer an dieselbe Tür zu klopfen, unaufgefordert einzutreten und seinen Tagessatz Sozialhilfe in Empfang zu nehmen. Nur selten trifft er so früh auf andere Unterstützungsbedürftige, muss sich nicht hinter Wartenden einreihen.

Rund siebzehn Mark gibt es, je nachdem wie lang der Monat ist.

Man kennt ihn hier in der kleinen Gemeinde seit langer Zeit. Bisher erhielt er stets sein Geld als registrierter Obdachloser.

Kurz nach acht Uhr ist er mit den Erledigungen fertig und kann sich auf die Strecke begeben. Die beträgt über zwölf Kilometer und führt auf kürzestem Weg entlang einer viel befahrenen Bundesstraße. Es ist ein gefährliches allmorgendliches Unterfangen, während des Berufsverkehrs entlang der Landstraße zu marschieren.

Er läuft prinzipiell auf der rechten Straßenseite, damit bei Regenwetter sein Gesicht nicht von Matschspritzern verunreinigt wird. An Hupen und abrupte Ausweichmanöver hat er sich längst gewöhnt, an Schimpfen und Gestikulieren ebenso, wenn er bei trüber Witterung in seinem olivfarbenen Parker manches Mal erst spät wahrgenommen wird.

An seinem Schlafplatz beim Sportplatz vorbei, passiert er die glänzenden Fassaden der Autohäuser mit Verkaufsobjekten von unschätzbarem Wert. Zuweilen beschleicht ihn bei deren Anblick der Wunsch nach einem fahrbaren Untersatz.

Entlang des großen Grundstücks eines Marmorwerks führt sein Fußmarsch nordwärts. Auf der anderen Straßenseite erkennt er hinter dem Maschendrahtzaun Grabsteine, riesige zwischen Metallpfosten aufgestapelte Gesteinsplatten unterschiedlicher Farben und Berge von Marmorabfall. Manchmal suchen Arbeiter nach geeigneten Stücken, weniger oft laden Kunden Marmorbruch auf die Anhänger ihrer Fahrzeuge. Aus der Werkhalle schallt durch den Straßenlärm das Geräusch von

schleifen, schneiden und bohren zu ihm her-
über.

In Höhe des Verwaltung- und Ausstel-
lungsgebäudes endete der Fußweg. Es folgen
die letzten, wenigen Häuser, die er zügig hinter
sich lässt.

Entlang der Landstraße an wartenden Auto-
schlangen vor der Ampelanlage zum Auto-
bahnzubringer vorbei, bis sich zu beiden
Seiten Weiden und Kartoffel- und Kornfelder
erstrecken, überspannt von Fernleitungen.

Auf der Wiese vor einem Wäldchen beobachtet er einen reviertreuen Habicht, der
entweder kreisend umherfliegt oder auf einem
Pfahl sitzend auf Beute lauert.

Ein Stück weiter drehen sich lautlos
Windkrafträder.

Ab diesem Punkt seiner Wegstrecke senkt sich
das Gelände und er kann mühelos zügig
ausschreiten.

Er erreicht das einzige Dorf auf seinem Weg.

Aus den Ställen der Bauernhöfe dringen
Klappern von Geschirren und Eimern und
tierische Geräusche, die vom Bellen der
Hunde übertönt werden.

Sie kennen seinen Schritt und kläffen dennoch,
wenn sie ihn von weitem hören. An manchem

Tag scheinen sie sich gegenseitig an Wut und Lautstärke überbieten zu wollen, wenn er an den dunkelroten Klinkermauern der Gehöfte vorbei hastet.

Nachdem die Straße in der Ortsmitte in einer steilen Rechtskurve abknickt, gibt es neben dem „Dorfkrug" tief grüne, saftige Weiden mit Kühen, deren Schnaufen und Muhen den Straßenlärm manchmal durchdringt. Das Hundegebell verebbt.

Er passiert ein einladend wirkendes Restaurant, das um diese Zeit verwaist scheint, bis auf eine Frau in blauem Kittel, die die Vordertür oder die Fensterscheiben des ausladenden Wintergartens putzt. Ein weißer Lieferwagen fährt in einer scharfe Kurve auf den Parkplatz, bremst abrupt. Der Fahrer öffnet die Seitentür und entlädt Gemüsekisten.

An den wenigen neueren Häusern, einer Sparkassenfiliale und der schräg gegenüber liegenden Tankstelle geht es vorbei. Oft sinnt er an dieser Stelle seines Weges darüber nach, wie viel Geld in beiden Unternehmungen gerade in diesem Augenblick vorhanden sein mag.

Am Dorfausgang hat er gut ein Drittel seiner Wegstrecke geschafft!

Hier beginnen Weiden und Ackerland beiderseits der Straße. In großen Abständen gibt es Gärten und Obstwiesen mit dunkelrot geklinkerten Häusern, von Hecken umstanden.

Wenn er die Autobahnbrücke passiert hat, unter der donnernd der Verkehr vorbeizieht, und ein rund um die Autobahnanschlüsse gelegenes Industriegebiet, überquert er mit Hilfe einer Ampelanlage die Kreuzung zweier Bundesstraßen. Für geraume Zeit empfindet er so etwas wie Macht, wenn er durch Knopfdruck dem lebhaften Treiben Einhalt gebieten und Fahrtverzögerungen der von Terminen gehetzten Autofahrer verursachen kann.

Er selbst ist ebenfalls in Eile, muss pünktlich an sein Ziel gelangen.

Nach der Ampel, die ihn, wie alle, für Momente aufhält, schließt sich eine schnurgerade, unfallträchtige Wegstrecke an. Dies ist der gefährlichste Abschnitt, wo gelegentlich Unfälle mit tödlichem Ausgang geschehen.

Eine Pappelanpflanzung stößt hier bis an den Straßengraben. Gefallenes Laub macht die Wegstrecke glitschig, besonders jetzt im Herbst. Bleigrauer Morgendunst schränkt die Sicht ein.

Die Autos fahren mit Licht.

Er, neben der rechten Fahrspur, wird nicht geblendet, ignoriert die unmissverständlichen Zeichen erschreckter, ihm schlingernd und hupend ausweichender Autofahrer, die auf der geraden Strecke Gas geben, als gelte es, versäumte Zeit einzuholen.

Durch die Rückscheiben der vom Gegenverkehr erleuchteten Wageninnenräume erkennt er ihr Gestikulieren, das er als Aufforderung zum Straßenseitenwechsel deutet.

Schon am Ende der Pappelreihe kann er die gelbe Leuchtreklame einer Tankstelle wahrnehmen. Einige Meter davor steht das Ortseingangsschild seiner Geburtsstadt.

Bis zur Stadtmitte sind es noch etwa vier Kilometer.

Meist steigt er an der Endhaltestelle in den Autobus, der dort steht. So gelangt er rechtzeitig zum Sozialamt, um erneut den Tagessatz der Sozialhilfe in Empfang zu nehmen.

Durch seine zwanghafte Sportlichkeit und Pünktlichkeit erreicht er ein monatliches Einkommen, dass für ihn und seine Bedürfnisse gut ausreicht.

Er ist anspruchslos, braucht keine Mietkosten zu zahlen. Er raucht nicht, trinkt nicht und nimmt auch keine Drogen mehr.

So reicht das Geld für Kleidung, Verpflegung und Körperpflegemittel aus.

Bevor er an zwei Orten die Tagessätze der Sozialhilfe kassierte, trug betteln in seinem Geburtsort mit zu zusätzlichen Einnahmen bei.

Dann fand er die Lösung durch sein Marsch.

Er ist ein Einzelgänger, der die stundenlangen täglichen Fußmärsche genießt, die ein zweites Einkommen ermöglichen. Er schätzt das ungestörte Nachdenken während der Bewegung an frischer Luft, das nur von den Gesprächen seiner ständigen Begleiter unterbrochen wird.

Die Fußwege vom Sozialamt, zur Stadtbücherei und zur Straße, in der er während der ersten Hälfte seines Lebens gewohnt hat, sind, gemessen an dem schon hinter ihm liegenden Marsch, gering.

Kaum noch verweilt er in der Straße, in der er einst lebte, und beobachtet das zurückliegende, weiße Haus. Schon seit langer Zeit schellt er nicht mehr an, weil ihm nicht geöffnet werden würde.

Was auch immer geschieht, er will Doppelverdiener bleiben! Er muss nur rechtzeitig am Amt eingetroffen sein!

Bei Verspätungen erkundigen sich die Beamten telefonisch bei den Nachbargemeinden darüber, ob ein nicht bei ihnen registrierter Obdachloser dort schon vorstellig geworden war.

Seine Idee, die er für seine Erfindung hält, fast jeden Tag zwei Mal in unterschiedlichen Gemeinden abzukassieren, darf nicht von Sozialamtsmitarbeitern durchkreuzt werden.

Manchmal spürt er deren Misstrauen, um hernach erleichtert größere Überheblichkeit und Stolz zu empfinden. Er, Karl-Heinz Rahm, konnte ein ausgeklügeltes Sozialsystem umgehen.

Schon aus seiner Kindheit und Jugend kennt er das Gefühl, anderen überlegen zu sein.

Er war Klassenbester und seine Mitschüler hielten ihn für einen Streber. Der war er gewiss nicht.

Ihm fiel alles leicht, was sich andere mühsam erarbeiten mussten. Logisch und unproblematisch erschienen ihm die Aufgaben und er konnte die Schwierigkeiten der Anderen nicht nachvollziehen. Sport war das einzige Fach, das ihm Mühen abverlangte.

Er entwickelte sich immer mehr zum Einzelgänger, konnte mit Gleichaltrigen wenig anfangen, verstand nicht, was die interessierte, worüber sie lachten.

Eine Zeit lang verbrachte er die Schulpausen mit seinen älteren Geschwistern.

Die schickten ihn schließlich zu seinen Klassenkameraden mit der Forderung, er möge sich dem Niveau der Gleichaltrigen anpassen. Das müsse ihm, als offensichtlich intelligentem Menschen, doch gelingen.

Er gehörte nirgendwo wirklich dazu.

Sein liebevolles Elternhaus, besonders seine phantastische Mutter, zerstreuten seine Selbstzweifel.

Hätte er es sich wünschen können, wäre er lieber ein mittelmäßiger Schüler gewesen.

Das, was andere ungewöhnlich an ihm fanden, fing bereits in der Grundschule an.

Schon kurz nach seiner Einschulung trug sich eine Begebenheit zu, die seine Mutter wiederholt erzählte, an der er jedoch nichts Außergewöhnliches fand. Er meinte, seine Folgerungen waren einfach und schlüssig.

Meist begann seine Mutter: „Als Karl-Heinz gerade lesen gelernt hatte, spielte er mit einer Mitschülerin in der Nähe des Sportplatzes.

Die Kinder hatten sich unerlaubterweise zu weit von bewohntem Gelände entfernt.

Über das strikte Verbot setzten sie sich hinweg.

Sie spielten bei den Büschen, die entlang des Kurparkweges standen, als sie von einem Mann gefragt wurden, ob sie schon lesen könnten. Stolz bejahten sie, worauf er ihnen einen Zettel zeigte und sie zu buchstabieren begannen: ‚Ich, Herr Müller, bin vom Gesundheitsamt beauftragt worden, alle Mädchen zu untersuchen.‘ ‚Habt ihr das verstanden?‘ fragte er. ‚Ja‘, entgegneten die Beiden. ‚Dann wisst ihr ja, was ich nun zu tun habe. Du geh mal nach Hause!‘ befahl er Karl-Heinz. Als er dessen Zögern bemerkte, fuhr der Mann fort. ‚Ich soll ja nur Mädchen untersuchen, hast es ja selbst gelesen.‘

Die Kleine wirkte unsicher, wollte der Aufforderung des Fremden, ihm in die Büsche zu folgen, zögernd nachkommen, als Karl-Heinz rief: ‚Komm! Nichts wie weg! Der Mann hat das selbst geschrieben. Der ist nicht vom Gesundheitsamt!‘ Die Kinder rannten zur belebten Allee und entkamen dem Sittenstrolch.

Als sie atemlos zu Hause angelangten, erzählte Karl-Heinz die Begebenheit und wir verständigten sofort die Polizei. Mein Mann fuhr mit ihm im Auto los, um den unordentlich Gekleideten, Bärtigen mit strubbeligem Haar zu finden. Sowohl meine Beiden als auch die Polizei blieben bei der Suche erfolglos, jedoch wurde für das Mädchen mit Sicherheit schwerer Schaden abgewendet, wegen der, für sein Alter, ungewöhnlichen Rückschlüsse unseres kleinen Karl-Heinz," berichtete die Mutter nicht ohne Stolz. „Aber nicht das ungepflegte Erscheinungsbild des Mannes war es, das Karl-Heinz aufmerksam werden ließ, sondern der Wortlaut auf dem Zettel. ‚Da stand doch: Ich, Herr Müller! Und wenn er - Ich - schreibt, dann hat er den Zettel selbst verfasst!' erklärte uns Karl-Heinz geradezu selbstverständlich. Die Eltern der Mitschülerin verboten dem Mädchen zukünftig mit unserem Sohn zu spielen, weil sie behaupteten, ihre Tochter hätte sich nie allein so weit von zu Hause entfernt. Wir verloren Freunde und Karl-Heinz eine nette Spielkameradin, die er eigentlich vor großem Schaden bewahrte", schloss seine Mutter meist. Später gab es noch häufig Situationen, bei denen seine aus seiner Sicht folgerichtigen und plausiblen Denkweisen von anderen bestaunt wurden! Als er im Gymnasium eine Klasse überspringen sollte, verhinderten seine Eltern das. Sie wollten ihm, dem Jüngsten seiner Klasse, für seine Entwicklung ebenso lange Zeit lassen, wie seinen drei älteren Geschwistern. Er hätte gern die Klasse gewechselt, weil er sich unterfordert fühlte. Begriffsschwierigkeiten bemerkte er Jahre später, wenn er jemandem von den ihn täglich umgebenden Wesen berichtete. Niemand, außer ihm, kannte die Gurus und Schreckenswesen, die er beschrieb und die Teil seines Lebens geworden waren. Er merkte, wie seine Gegenüber nervös mit ablehnenden Mienen zuhörten, sich kaum merklich von ihm abwendeten, um kurze Zeit später zu sagen: „Du, Karl-Heinz, schön, dich mal wieder getroffen zu haben, aber ich habe es eilig. Meine Frau wartet beim Kaufhaus auf mich. Tschüs, bis zum nächsten Mal mit vielleicht mehr Zeit! Das sind ja spannende Themen, die du eben angeschnitten hast! Man sieht sich! Mach´s inzwischen gut!"

Er spürt ihr intensives Bestreben, möglichst schnell von ihm fort zu kommen, oder sich abstrakteren Themen wie Politik und Wirtschaft zuzuwenden als seinen plastischen Schilderungen. Unverstanden fühlt er sich wie damals in der Schule.

Auch während seiner Bundeswehrzeit fand er keinen Zugang zu seinen Kameraden. Überbrücken ließ sich die Kluft durch gemeinsame Aktivitäten nach Dienstschluss, erkannte er. Viele tranken und rauchten Haschisch. Er auch und erlangte so einen Teil von Uniformität. Gleich mit anderen zu sein, hatte er angestrebt und war damit aus den Bindungen seiner Familie, letztendlich der Gesellschaft, gefallen.

An die Anzahl der Entgiftungen und Therapien kann er sich beim besten Willen nicht mehr erinnern. Auch die Stimmen und Gesichter, die seither seine Einsamkeit ausfüllen, können darüber keinen Aufschluss geben. Mit ihnen spricht er laut, wird oft von Passanten verwundert wegen seines Gemurmels angesehen.

Manche tippen kopfschüttelnd an ihre Stirnen. Die Sehunfähigen und Tauben!

Vermutlich war auch der Jogger blind, der durch sein von ihm beanspruchtes Areal im Stadtwald lief.

Damals wohnte er noch in seiner Heimatstadt unter einem Begegnungspavillon aus Holz neben einer Quelle. Wasser, Sitz- und Liegemöglichkeiten unter einem schützenden

Dach, eine Grillstelle!

Der ideale Platz! Mehr als eine Bleibe!

Der Stadtwald ist ausladend und so erhob er Anspruch auf einen geraumen Teil als Eigentum. Nicht so groß, wie der Garten seiner Eltern, aber groß genug.

Die Grenzen seines Grundstücks hatte er fest im Kopf. Sie wurden von Strauchreihen, dem Bächlein und Baumgruppen gebildet.

Sehr zu seinem Unwesen führte ein Weg durch sein Anwesen zum Pavillon. Gelegentliche Spaziergänger ignorierte er widerwillig.

Der jeden Morgen zur selben Zeit erscheinende Läufer reizte ihn jedoch bis zur Weißglut. Obwohl er ihn zur Rede gestellt hatte, verletzte der Jogger weiterhin mutwillig seine Eigentumsansprüche.

So lauerte er ihm eines Morgens auf, brachte ihn durch einen Knüppel zu Fall, stürzte sich auf ihn und boxte und trat. Seine nicht für jeden sichtbaren Begleiter spornten ihn an! Beide Kämpfenden erlitten Blessuren.

Der Grenzverletzer entwand sich und humpelte fort.

In der Quelle kühlte er selbst seine Schrammen und Beulen. Eigentlich hätte es damit gut sein können, aber als nächstes stürzten sich

Polizisten auf ihn. Er wehrte sich standhaft. Sie waren in der Überzahl und legten ihm Fesseln an.

Es folgte ein langer Aufenthalt in der Psychiatrie und Platzverbot im Stadtwald!

Seine jetzige Wohnstelle am Stadion der Nachbarstadt hat leider keinen Grillplatz und kein Wasser.

Dafür nutzt er die guten Toilettenanlagen im Rathaus. Durch den Umzug erschloss sich auch die Möglichkeit des doppelten Verdienstes.

Er kann, wie bisher, den lieben langen Tag in seiner Heimatstadt verbringen, die Zeitung im Aushang studieren, nach bekannten Namen in den Todesanzeigen suchen, wobei er eines Tages einen ihm sehr vertrauten entdeckte.

Um Johannes Rahm trauerten seine Witwe und drei seiner Kinder mit Familien.

Sein Name fehlte unter der Todesanzeige seines Vaters. Die Beisetzung verfolgte er aus der Ferne, während seine Begleiter in ihm rumorten.

In der Stadtbücherei kann er seinen Drang nach Bildung befriedigen und sich aufwärmen, in altvertrauten Kirchen seinen Einflüsterungen Ruhe gebieten, manchmal vertrauten

Gesichtern begegnen.

Weniger häufig braucht er, wegen der doppelten Sozialhilfe, noch zu betteln.

Ob die Frau, die beim Stadtfest neben ihm stand, während er mit ausgestreckter Hand auf dem Bürgersteig saß, eine frühere Angestellte seines Vaters war, vermag er nicht mit Sicherheit zu sagen.

Zumindest ähnelte sie ihr sehr.

Sie schaute ihn ernst, fast traurig an als wollte sie fragen: ‚Karl-Heinz, was ist aus dir geworden?‘

Sie blieb jedoch, genau wie seine Stimmen, stumm.

Die Erinnerungen an seine Familie, seine Kindheit und Jugend, die Büroangestellten in der Praxis im Elternhaus waren beinahe verblasst, nebelig verschwommen wie das Wetter dieses Tages.

Er riss sich los von der Autobahnbrücke, von seinen Stimmen, die ihm rieten, an diesem besonderen Tag, seinem Geburtstag, wenn auch nur für geringe Zeit, jedoch frei wie der Habicht zu fliegen, den er fast jeden Morgen beobachten konnte.

Nicht heute! Ein andermal! Bestimmt!

Heute muss er sich beeilen, um die versonnene

Zeit einzuholen.

An diesem, seinem einundvierzigsten Geburtstag beschloss er, sich ein Fahrrad zu besorgen.

Karl-Heinz Rahm verstarb zwei Jahre später an Unterkühlung nach einem Sprung von einer Kanalbrücke.

Freundschaft

Hellen und Klaus legten die Sachen für den bevorstehenden Urlaub zusammen. Beide schienen konzentriert, obwohl ihre Gedanken abschweiften.

Er sann über die Verlockungen der anderen nach und was sich daraus entwickeln könnte. Wie würde Hellen reagieren, wenn sie davon erführe? Ist Claudia wirklich eine solch faszinierende Frau, für die sich lohnt, das bisherige Leben umzukrempeln, die ungezählten Gemeinsamkeiten und Interessen mit Hellen aufs Spiel zu setzen?

Claudias Blicke hatten ihn aufgewühlt, obwohl sie ihm bisher eher reizlos, brav und hausbacken erschienen war.

Hinter dieser Fassade brodelte Leidenschaft, das wusste er seit jenen Nachmittagen. Warum, fragte er zugleich, scheiterte Claudias erste Ehe und ihre vielen Verhältnisse in den Jahren danach? Versprachen ihre Blicke mehr, als sie auf Dauer hielten?

Er schaute zu Hellen hinüber, die seine Hemden in den Koffer legte, als sie wie nebensächlich fragte: „Klaus, was war das vorgestern bei Claudia? Habt ihr geglaubt, ich hätte eure Blicke nicht bemerkt? Während ich redete, ging mir durch den Kopf zu fragen, ob ich schon mal fahren soll, weil ihr offensichtlich allein sein wolltet. Die Floskel verwendeten wir bei ähnlichen Gelegenheiten in unserer Jugend, du erinnerst dich? Ich spielte die Ahnungslose, während die dich anbalzte, oder bilde ich mir das ein?" „Nein! Du hast ganz richtig beobachtet!" „Habe ich von meiner langjährigen Freundin verdient, dass sie mir das Beste, das mir in meinem Leben begegnete, ausspannen will?" „Nein!" „Hätte deine Männlichkeit Schaden genommen, wenn du ihren Blicken ausgewichen wärst? Unangenehm schien dir die Situation nicht gewesen zu sein.

Dass Frauen von gut aussehenden, netten Typen toleranter sein müssen, ist klar. Ich würde verstehen, wenn eine fremde, möglicherweise Jüngere dich angemacht hätte. Aber meine allerbeste Freundin, die ich schon von der Schule kenne? Die häufig durchblicken ließ, wie uninteressant du für sie wärest! Geglaubt habe ich ihr das nie wirklich! Du siehst gut aus, bist meist witzig und unternehmungslustig. Deine Mutter mochte Claudia nie leiden und nachträglich muss ich ihr Recht geben, die häufig sagte: ‚Gutheit ist Dummheit.'

Dumm komme ich mir vor, weil ich an Freundschaft glaubte. Wie Hohn erscheinen mir augenblicklich die Worte Schillers ‚... und die Treue, sie ist doch kein leerer Wahn, so nehmt auch mich zum Genossen an!'

Naiv war ich zu glauben, Freundschaft sei möglich zwischen Menschen, die mit ihren Meinungen nahe beieinander zu liegen schienen.

Aber inzwischen frage ich mich, was das für eine Freundin ist, die mir derart tiefe Schmerzen zufügen will, um die eigenen zu verdrängen?

Unsere gemeinsamen Fahrten und Unternehmungen, als sie sich kein Auto leisten konnte! Die vielen Einladungen bei uns! Ihre Kinder tobten im Garten umher, während wir Kaffee tranken" dachte Hellen laut.

„Du hast sie immer mit einbezogen!" betonte Klaus. „Dabei waren die vielen Kontakte mit Sicherheit gefährlicher, als wir noch jünger waren. Du schienst die permanente Gefahr, die für Beziehungen von ihr ausging, gar nicht zu bemerken! Und sie besteht noch!" „Klaus, du hast ja Recht! Natürlich wusste ich, dass die beste Freundin der Frau oft die beste des Mannes wird. Das ist eine alte Weisheit. Eifersucht verdrängte ich. Das war nicht immer leicht bei ihrer Vorliebe für Verheiratete!

Vor ihrer Scheidung fürchtete sie, unsere Freundschaft könne zerbrechen, weil Geschiedene häufig fallen gelassen würden. Ich versicherte, dass das nicht geschehen würde und habe mein Versprechen gehalten!

…und die Treue, sie ist doch kein leerer Wahn - Gruß an Friedrich von Schiller!

Sicher war sie für mein Leben wichtig und ich für ihres und das wäre auch so geblieben, hätte es diesen Sonntag und den vorherigen Versuch nicht gegeben.

Die zickigeren Töne gegen mich entschuldigte ich mit ihrem Ausnahmezustand. Über Spitzen und Unhöflichkeiten sah ich hinweg, schob alles auf ihre Trauer!

Den wirklichen Grund für die Stutenbissigkeit ahnte ich nicht. Ohne mich verändert zu haben, wurde ich von der Freundin zur Rivalin," sagte Hellen traurig.

„Du hast Recht, wenn du Claudias Freundschaft hinterfragst! Aber, erinnere dich, ich wollte Sonntag nicht mitfahren! Ich wollte keine Wiederholung der vorherigen Anmache, wollte kein zweites Mal in diese Situation versetzt werden. Aber du hast gewünscht, dass ich mitkomme.

Und noch gemeinsame Urlaube mit ihr zu planen! Lernst du eigentlich nie dazu? Glaubst du, sie würde sich im umgekehrten Fall um dich kümmern?

Erinnere dich bitte, wie der Kontakt zu uns während ihrer erste Ehe abbrach, obwohl wir zuvor alle häufig tanzen gingen und gemeinsam feierten. Als ihre Ehe gescheitert war, fiel ihr eure Freundschaft wieder ein. Über zehn Jahre lang haben wir sie in unser Leben einbezogen. Haben sie in unseren Freundeskreis eingeführt. Nach ihrer Heirat mit Paul zog sie sich wiederum zurück.

Wenn du nicht immer angerufen hättest, wäre der Kontakt längst eingeschlafen. Du glaubst doch nicht, dass Paul dich mit in den Urlaub nehmen würde und sie ebenso wenig! Wenn du mal angerufen hast und er ans Telefon ging, wie unhöflich war er dann! Du hast mir erzählt, dass du manchmal sagtest: ‚Nun beiß mich doch nicht gleich! Ich möchte nur kurz deine Frau sprechen!' Man soll über Tote nichts Böses sagen, aber er war arrogant.

Sicher spielte auch Eifersucht auf eure Beziehung mit. Er soll ja durchblicken lassen haben, dass er euch für Lesben halten würde, wüsste er es nicht besser. Ich habe eure Freundschaft stets toleriert, obwohl ich selbst nicht an Freundschaft glaube", sagte Klaus.
Hellen legte weitere Wäschestücke in die geräumigen Koffer. Nach einer langen Pause nahm sie das Gespräch wieder auf und sagte fest: „Ich werde mit ihr reden. Sie soll wissen, dass ich den Schlussstrich wegen ihres Verhaltens ziehe. Ihr flirtet und ich sitze daneben und leide. Eigentlich muss ich froh sein, dass sie so auffällig vorgegangen ist!
Wenn ich mir ausmale, ich würde meinen zeitaufwändigen Hobbys nachgehen und ihr trefft euch zum Beischlaf! Schon der Gedanke daran macht mich krank!
`Gelegenheit macht Liebe´ aber auch `steter Tropfen höhlt den Stein´! Das sind alte Wahrheiten.
Der stete Tropfen ihres Angebots hätte dich schließlich schwach gemacht und mich ausgehöhlt! Ich rufe Claudia an! Trost auf meine Kosten wird es nicht geben. Sie wollte dich und wird uns beide verlieren."
Klaus reichte Hellen den Telefonhörer.

Darüber spricht man nicht oder: Schön ist die Jugend ...

Oft fragte sie sich, wie ihr Leben verlaufen wäre, hätte es nicht nur das grau-helle Foto im schmalen Rahmen an der Wand gegeben, von dem ihre Mutter und Geschwister sagten, die Brustbildaufnahme zeige ihren Vater.

Der Abgelichtete trug eine Uniformjacke und -hemd mit Krawatte. Ihr Vater hatte eine deutliche Stirnglatze und die schütteren Haare waren bis weit über die Ohren kurz rasiert. Das runde Gesicht mit dem schmalen Mund erinnerte sie an zwei ihrer Brüder.

Der Mann auf der vergrößerten Fotografie wirkte nicht unfreundlich, obwohl sie sich, wenn überhaupt, einen jüngeren Vater gewünscht hätte. Einen, der lausbübisch wirkte, wie der ihrer Freundin.

Eigentlich vermisste sie während ihrer ersten Lebensjahre kein Familienoberhaupt. Ihre Mutter war stark, glaubte sie. Von den drei Brüdern war Schutz zu erwarten, zumindest konnte sie, wenn notwendig, mit ihnen auftrumpfen. Fest rechnete sie auf Hilfe von ihrer großen Schwester, die fast ihre Mutter hätte sein können. Sie werde für die Kleine da sein, wenn einmal etwas geschehen sollte, versprach die.

Ihre Familie würde zusammenstehen, war sich diese sich sicher.

In dem Dorf, in das es sie nach dem Krieg verschlug, hatten sie sich recht und schlecht eingelebt. Ihr jüngster Bruder reparierte für die Nachbarn Fahrräder, Elektrokocher und -leitungen, flickte Sicherungen.

Die Mutter war patent. Brachte von ihren Schmuggelfahrten nach West-Berlin für alle, die darum baten, Waren mit, die es nur in der Westzone gab.

Ihre Schwester hatte Freundinnen gefunden. Gemeinsam handarbeiteten die Backfische und tauschten Strickmuster aus.

Sie selbst durfte lange aufbleiben inmitten der Dorfjugend, die sich fast allabendlich bei ihnen in der kleinen, kargen Stube versammelte.

Die Kleine fremdelte, als ihr ältester Bruder aus der polnischen Kriegsgefangenschaft zurückkehrte.

Ihre Anschrift hatte er von ihren Berliner Verwandten erhalten. Und sie war traurig, als er eines Morgens fort war. Aus Dortmund sandte er einige Zeit später ein Lebenszeichen.

Alle waren erleichtert.

Obwohl die Mutter sich um ihn sorgte, konnte sie wieder besser schlafen. Den Verlust des Mannes, der Heimat, von Haus und Hof verkraftete sie nie.

Sie litt schwer unter der Bürde, ohne Ernährer die Kinder durch bekommen zu müssen. Das sei eine Leistung, die ihr so schnell niemand nachmachen könne, betonte sie oft.

´Wenn Mama nur Manfred nicht immer so dolle hauen würde! Der ist doch gar nicht so böse. Zu mir ist sie ja immer gut´, dachte die Kleinste oft.

Einmal erwachte das Kind vom Wimmern ihres Bruders, den seine Mutter mit der Plättschnur, dem Elektrokabel des Bügeleisens, schlug.

Als sie fragte: „Mutti, was machst du da?" antwortete die Prügelnde fast sanft: „Das hat mit dir nichts zu tun! Schlaf weiter!" Durch die Kleine ermuntert, mischte sich der mittlere Junge ein und sagte: „Hör endlich auf Manfred zu schlagen! Sogar dein Engelchen wird schon davon wach!" „Halt deinen Mund! Kannst auch gleich was abkriegen!"

Es wurde still! Manfred trug gegen den Anblick seiner Striemen und blauen Flecken stets seinen langärmeligen Pullover - auch im Sommer.

Seiner Lehrerin und einigen im Dorf waren die ungewöhnlichen Verletzungen aufgefallen. Darauf angesprochen, räumte die Mutter mal einen Klaps ein. Wo sich der Junge derart gestoßen habe, wisse sie nicht.

Schon zu der Zeit holte die Kleinste immer häufiger etwas Geheimnisvolles beim Kolonialwarenhändler des Dorfes.

Sie brauche nicht zu wissen, was es sei, müsse nur sagen, sie wolle „das" für Mutti abholen. Sie dürfe auf keinen Fall in die kleine Tüte schauen!

Was sie drüben „das" nennen sollte, hatte im Westen einen Namen.

Die Heranwachsende besorgte das sechseckige Schlafgift in der metallenen quadratischen Schachtel mehrmals in der Woche aus verschiedenen Apotheken ihrer neuen Heimat. Es war frei verkäuflich.

Der Inhaber der nächst gelegenen Apotheke fragte nur noch, ob es eine große oder kleine Schachtel sein solle und sie war erleichtert, wenn sie von seinen Angestellten bedient wurde. Die erkundigten sich stets, was es sein dürfe, so, als ob sie die Antwort nicht kennen würden.

Bis auf den Ältesten lebte die Familie in einer kleinen Neubauwohnung. Die vier großen Kinder gingen einem Beruf nach. Die Mutter und die Kleine erhielten Witwen- bzw. Halbwaisenrente.

Als alles besser geworden war, so, wie es sich die Mutter vor der Republikflucht und während der langen Lagerzeit ausgemalt hatte, ergriffen die vermeintlich harmlosen Schlummerdrogen mehr und mehr Besitz vom Leben aller Familienangehörigen.

In endlosen, oft lallenden Zankereien verschaffte sich die Mutter allabendlich Recht. Meist ging es um zu niedriges Kostgeld und hohe Lebensmittelpreise oder zu geringe Anerkennung ihrer Arbeit.

Manchmal wusste die Jüngste nicht einmal, was der Auslöser für die Streitereien war. Mutti, die zu ihr immer so lieb war, konnte keine Schuld haben! Die gab ihr sogar einige Pfennige, wenn sie schnell genug von der Apotheke zurückkehrte.

Tagsüber war meist alles gut. Mutti machte auf der Liege in der Wohnküche einen langen Mittagsschlaf, sprach dabei manchmal undeutlich, während die Schülerin ihre Hausaufgaben am Küchentisch erledigte.

Das Mädchen war so angepasst wie möglich, hörte die täglichen Gesundheitsberichte ihrer Mutter, hörte die vielen Wiederholungen der Geschichten von früher, von einer Heimat, die sie nicht kannte, von Menschen, die längst nicht mehr lebten und war betroffen, wenn es abends wieder Streit gab.

Die Vormittage waren am schönsten.

Die Schule und ihre Schulfreundinnen ließen sie Kind sein. Manchmal fragte sie sich, wie es in deren Familien zugehen mochte. Ob auch sie allmorgendlich vom Knarren der Schranktür im gemeinsamen Schlafzimmer wach würden, hinter der die Tabletten versteckt waren?

Wenn ihr ältester Bruder am Wochenende nach Hause kam, war die Mutter aufgeräumt, wirkte liebenswert und strafte jene Lügen, die etwas Anderes behaupteten.

Wochentags wurden die Kinder Dank der Brom-Harnstoffpillen Zeugen unzähliger Stürze und sich steigernder Selbstmordandrohungen.

Der mittlere Bruder war für das Mädchen von großer Wichtigkeit.

Er konnte am routiniertesten Türschlösser aufbrechen.

Manfred war zu langsam, zitterte am ganzen Körper und während er die Schlafzimmertür mit seinem am Schlüsselbund befestigten Dietrich öffnete, klapperte die Mutter bereits mit den Fensterflügeln und rückte mit dem Stuhl.

Sie stürzte sich nie hinunter, wurde vom Fenster fort gezogen, beklagte sich über die gewaltsam harten Griffe ihrer Söhne.

Sie wirkte, im Gegensatz zu ihren bleichen Kindern, gelassen.

Das Mädchen weinte zitternd.

Die Mutter ging auch nicht, wie sie oft dramatisch androhte, ins Wasser, wenn sie wütend die Wohnung verließ. Sie erhängte sich nicht auf dem Hausboden und drehte nie den Gashahn auf.

Erst jetzt fällt der jüngsten Tochter auf, dass der manisch Depressiven nie der Selbstmord durch ihre geliebten Schlaftabletten in den Sinn gekommen ist.

Achtzig Stück hätten die rastlose Seele erlöst und es wäre eingetreten, weshalb sie ihre Kinder so häufig zittern ließ. Die Mutter „zum Äußersten", wie sie es nannte, getrieben zu haben, hätte sicher lebenslange Schuldgefühle bei allen hinterlassen.

Gemeinsam standen sie die Zeit zu Hause durch, trösteten sich gegenseitig, gaben sich Kraft.

Als die Großen das Haus verlassen hatten, wurde die Jüngste zum Blitzableiter für die Gemütsschwankungen.

Der Teenager träumte von Ruhe in einer schönen Wohnung und von einem netten Mann. Wie ihr Vater sollte er sein, von dem die Mutter stets Gutes berichtete. Er habe sich nicht in die Erziehung eingemischt und nie ein Kind geschlagen. „Von mir bekamen sie schon mal einen Klaps, wenn sie es verdient hatten. Aber das tut nicht weh, wenn eine Mutter schlägt!"

In Haus und Hof ließ er sie ohne Einschränkungen schalten und walten, wusste ja, wie tüchtig sie war.

Als auch die jüngste Tochter eine eigene Familie gegründet hatte, bedurfte es starker Überwindung, die Mutter selbst an den großen Feiertagen zu besuchen, wenn alle vor den Nachbarn den Anschein einer heilen Familie erwecken sollten.

Im Vertuschen der Verhältnisse lag die größte Schuld der Kinder. Erst dadurch wurde ein über zwanzig Jahre langer Drogenmissbrauch ermöglicht.

Krankenhausaufenthalte wurden notwendig, hervorgerufen durch Verletzungen und wegen einer Gelbsucht.

Die Mutter hatte Angstzustände, halluzinierte, sah ihre Kinder erschlagen hinter einer Hecke beim Hauseingang liegen, wandte sich angstvoll an den Briefträger, glaubte ihm nicht, der sie zu beruhigen versuchte.

Zu spät erfolgte die Einweisung in eine Entziehungskur.

Nach langer schmerzlicher Entgiftung erlitt die Mutter einen Oberschenkelhalsbruch und verstarb vermutlich an Leberversagen. Ihr Tod vollzog sich würdevoller, als die Kinder während vieler bitterer Momente fürchten mussten.

„Schön ist die Jugend bei frohen Zeiten, schön ist die Jugend, sie kommt - gottlob - nicht mehr!"

Angekommen

Langsam rollten sie den von Apfelbäumen bestandenen Weg entlang. Knirschend hielt das Auto mitten auf dem ausladenden Hof.

Sie betraten ihn zögerlich.

Der große, zottelige Hund vor seiner Hütte am backsteinroten Stallgebäude gegenüber der Einfahrt schlummerte in der Frühlingssonne. Das Knacken der Kraftfahrzeugtüren ließ ihn aufmerken. Er hob den Kopf und beobachtete ruhig die Ankommenden.

Aus dem Fachwerkhaus drang das Geräusch eines Elektromotors; jemand saugte Staub.

Sie blickten sich um, registrierten eine gepflegte Anlage von im Karree stehenden Gebäuden. Die ältere der beiden Frauen sagte: „Genau so habe ich alles in Erinnerung. Hier scheint die Zeit ein halbes Jahrhundert stehen geblieben zu sein! Augenfällig ist das neue Dach auf dem Wohnhaus. Da waren früher Ziegeln statt Eternitplatten drauf. Aber sonst – fast wie bei unserem Opa!", wandte sie sich an die Jüngere.

Sie wies mit der Hand auf das Gebäude neben der Zufahrt und erklärte: „Das war die Scheune. Die ist gut in Schuss. Genau wie der

Pferde- und Kuhstall!" Ihre Hand hatte das Viertel eines Bogens umzeichnet und wies auf das dem Wohnhaus gegenüberliegende Gebäude.

„In einem Verschlag bei den Tieren schlief Opas Knecht Felix. Auch im Winter! Ich kann mir jetzt überhaupt nicht mehr vorstellen, wie er das bei dieser Kälte hier überlebt hat? Und er soll sehr alt geworden sein."

„Der Stall dort war für kleines Viehzeug. Schweine, Schafe, Gänse, Enten, Hühner. Dein Opa hatte viele davon! Voll Leben war der Hof und dennoch sehr ordentlich. In dem Punkt war er sehr streng. Er duldete kein umher liegendes Strohhälmchen! Jetzt ist es hier auch sauber! Aber es gibt außer dem Hund keine weiteren Tiere, wenn mein erster Eindruck stimmt!"

Inzwischen hatten sie sich zum Haus umgewandt und die Ältere sagte: „Es ist ja wirklich nicht sehr groß. Hier vorn rechts war das Wohnzimmer – die gute Stube. Die wurde nur sonntags und zu Feiertagen beheizt. Der Weihnachtsbaum stand bis zu Ostern darin.

Im Flur schliefen die beiden Mägde in einem Bett, weil es nicht genügend Platz für Schlafstätten gab. Ins Elternschlafzimmer durfte keines der Kinder! Die beiden Fenster gleich links neben der Tür gehörten zur Schlafstube!"

Sie standen auf dem fremden und dennoch so vertrauten Boden, sahen sich ungestört um, schienen allein zu sein und ahnten, dass sie aus den Fenstern des weiß-schwarzen Fachwerkgebäudes beobachtet wurden.

Die aus dem Haus dringenden Geräusche und der Kleinwagen vor der Scheune zeigten an, dass jemand auf dem entlegenen Gehöft anwesend war.

Sie wandten sich der schilfgrünen Holztür zu. Der Staubsauger verstummte nach ihrem Klopfen.

Ein junger, dunkelhaariger Mann öffnete. Sie lächelten einander an und der Mann sagte: „Dzien dobry!"

Die Älteren erwiderten den Gruß. Sie wurden freundlich zum Eintreten gebeten.

Aus einem Raum hinten links trat eine zierliche, dunkelhaarige Frau, die die Gäste willkommen hieß.

Mit einladender Armbewegung wies sie auf die Tür zur Rechten und öffnete sie.

Alle betraten das ehemalige Wohnzimmer der Vorfahren. Es war geräumig und sparsam möbliert. Auf den Fensterbänken einige Blumentöpfe. Darunter eine Liege. An der hinteren Wand ein kleiner Vitrinenschrank aus dunklem Holz. Links ein grünlicher Kachelofen - davor Tisch und Stühle.

Die Eintretenden nahmen Platz, tranken Tee, später Sekt, aßen Plätzchen und Schnittchen, unterhielten sich polnisch und englisch.

Die Reisenden erfuhren von dem jungen Paar die fünfzig Jahre zurückliegende Geschichte des Hofes, hörten von dem Eigentümer, dass seine beiden Vorgänger auf diesem Grund und Boden „stupid" waren, weil sie nichts von Landwirtschaft und Viehzucht verstanden und sich dennoch darin versuchten.

Die Jüngere überlegte, an welcher Stelle der Weihnachtsbaum ihrer Oma bis Frühjahrsbeginn gestanden haben mochte.

Sie durften die Bauernküche besichtigen und erkannten, dass die weniger Platz bot, als für die vielen Erwachsenen und Kinder, die sich ehedem um den Tisch drängten, notwendig gewesen wäre. „Aber ich weiß noch genau, wie gemütlich es war, wenn Mahlzeiten eingenommen wurden. Die Küche hatte ich allerdings viel größer in Erinnerung."

Er habe die Gebäude aufwendig gereinigt und

restauriert, führte der Gastgeber weiterhin aus und fragte, wie das Wohnhaus ehedem eingedeckt war.

In der ehemaligen Scheune betrieb er seine kleine Firma zur Herstellung von Reklameschildern.

Nicht ohne Stolz führte er seine Geschäftsräume vor, in denen die gelagerten Materialien übersichtlich geordnet waren. Der Bedarf an Reklameschildern nähme stetig zu, berichtete er.

Die Besucher spürten seine Verbundenheit mit dieser liebenswerten Landschaft, mit diesem Gehöft in seiner Wahlheimat – hörten, wie er sich als Bürgermeister der kleinen Ortschaft für den Naturschutz und gegen eine touristische Erschließung einsetzte. Der vormalige Großstädter überzeugte in der Schilderung seines Erlebens der Stille und Verträumtheit dieses Fleckchens Erde.

Die Jüngere dachte, der Hof habe einen geeigneten, engagierten Eigentümer erhalten. Der Zustand der Anlage lege ein deutliches Zeugnis davon ab.

Die Ältere schaute sich ruhig um.

Wehmütige Momente wegen der vergangenen unbeschwerten Zeiten stiegen in ihr auf.

In ihre Erinnerungen mischten sich jedoch gleichzeitig Bilder ihres jetzigen gemütlichen Zuhauses und ihres Gartens, in dem bei der Abfahrt schon die Frühlingsblumen leuchteten.

Nach Stunden angeregtem Unterhaltens trennten sich die Reisenden von dem jungen Paar in dem Wissen, ungewöhnliche Gastfreundschaft genossen zu haben.

Die Vier lehnten das wiederholt ausgesprochene Angebot ab, im ehemaligen Haus der Vorfahren zu übernachten.

Herzliches Umarmen - „do widzenia" und „good-bye"!

Sie bestiegen ihr Auto, winkten, bis das Produktionsgebäude für Reklameschilder die vor dem Haus Stehenden verdeckte.

Während das Auto auf die Landstraße einbog, verabschiedeten sich ihre Blicke von den Gebäuden mit den blühenden Obstwiesen rundum.

Sie reisten weiter durch eine Gegend, die für die Älteren einmal die Heimat, für die beiden Jüngeren Inhalt vieler Erzählungen und Berichte war.

Rückblick auf eine friedliche Revolution

„Sehr geehrte Frau Präsidentin, meine Lieben!
Glücklich und stolz bin ich, den Bericht der EA-5 am heutigen 30. Dezember 2045 halten zu dürfen.

Auf allen Gebieten, die ich nachfolgend im Einzelnen vorstellen werde, waren wir erfolgreich.

Während der vergangenen fünfundzwanzig Jahre gelang es uns, die Welt zu verbessern! Wichtigste Voraussetzung hierfür waren Ideen und natürlich Geld.

Die von uns erschlossenen Finanzquellen erwiesen sich als ausreichend, um die sozialen Unterschiede der Weltbevölkerung anzugleichen.

Verbrechen gegen Kinder, die vor der Gründung unseres Zusammenschlusses Erschütterung hervorriefen sowie Untaten und Ungerechtigkeiten auch gegen Frauen verstärkten den Wunsch, menschenwürdige Lebensbedingungen in der ganzen Welt herzustellen.

Anstoß zur Gründung der „World-Save-Foundation EA-5" waren 2020 die Auswirkungen des Corona-Virus.

Da wurde allen klar, wie empfindlich unsere gute, alte Erde ist gegen die, die Bevölkerung reduzierende Krankheit. Sie beeinträchtigte übergreifend das Leben aller. Die positiv Getesteten wurden unter Quarantäne gestellt - ganze Länder abgeriegelt.

Die Lebensmittelversorgung funktionierte, jedoch gab es Hamsterkäufe und somit Engpässe. In manchen Ländern wurden alle kleinen Geschäfte geschlossen. Apotheken, Supermärkte, Frisöre und einige wenige Sparten blieben geöffnet. Die Lebensmittelmärkte ließen jedoch nur stoßweise eine geringe Zahl Kaufwilliger ein, sodass sich lange Schlangen vor den Eingangstüren bildeten.

Die Pandemie bewirkte immer wieder Börseneinbrüche.

Die Wirtschaft brach zusammen. Firmen konnten nicht mehr voll arbeiten, da ihre Belegschaft aus unterschiedlichen Gründen reduziert war.

Viele Unternehmen brachen unter diesem Druck völlig zusammen. Aufträge fehlten oder konnten nicht ausgeführt werden.

Veranstaltung waren verboten, sportliche Wettkämpfe fanden zunächst vor leeren

Zuschauertribünen statt, wurden später ganz eingestellt. Schulen und Kindertagesstätten wurden geschlossen und der öffentliche Verkehr eingeschränkt.

Fluglinien wurden eingestellt, Touristenzentren ganz abgeriegelt.

Dennoch entwickelte sich die Ansteckung rasant. Die Zahl der Toten stieg kontinuierlich. Täglich berichteten die Nachrichten von immer weiteren Einschränkungen.

Von Versammlungs- und Ausgangssperren waren zeitweise alle betroffen. Man besann sich zwangsläufig wieder auf die eigenen vier Wände. Die Polizei überwachte das Ausgangsverbot, das nur für unaufschiebbare Besorgungen gelockert war.

Bereits terminierte Operationen mussten verschoben werden, um Platz auf den Intensivstationen für Corona-Virus-Erkrankte zu haben.

Es war eine globale Katastrophe, die erst nach vielen Monaten mit der Entwicklung eines Impfschutzes endete.

Die Gründungsmitglieder, von denen ich mich freue, heute und hier viele begrüßen zu können, nahmen die weltweite Ausbreitung des oft tödlichen Virus zum Anlass, unsere

Verbindung ins Leben zu rufen. Über die tatkräftige Unterstützung unserer Mitglieder sind wir sehr dankbar.

Die weltweiten Auswirkungen des Corona-Virus machten uns sensibel und wir fühlten Verantwortung für den gesamten Erdball!

Auf allen Kontinenten gab es noch ungezählte Aufgaben zu erledigen.

Nicht unerwähnt lassen möchte ich, dass wir vieles vor unserer zeitlichen Zielsetzung beenden konnten. Dies gelang, weil sich der Foundation stetig neue Mitglieder anschlossen. Die Zahl derer, die sich für Gerechtigkeit bei der Verteilung von Gütern und Chancen einsetzten, ist außerordentlich groß. Allen einen besonderen Gruß und Dank von dieser Stelle.

Im heutigen Tätigkeitsbericht möchte ich mit A-1 beginnen.

Wie die Bedingungen in Südamerika vor der Aufnahme unserer Arbeit waren, wird vielen noch erinnerlich sein.

Den wenigen Besitzenden stand die große Zahl Armer gegenüber.

Die Wohn- und Lebensbedingungen der kinderreichen Familien zu verbessern war unser erstes Gebot. Wir reduzierten die Slums, erwarben Grundstücke und bauten am Rande der Notbehausungen schmucke, geräumige Häuser mit schattigen Veranden. Durchweg bieten die Häuser acht Personen Platz. Die ersten Familien konnten bereits 2029 in ihr neues Zuhause einziehen, zu dem ein Garten gehört. Zur Verdeutlichung einige Filmszenen aus dieser Zeit.

Die Freude der Familien ist ergreifend. Kinder toben umher, während Mütter nicht selten Freudentränen vergießen.

Die Väter wirken stolz.

Waren sie es doch, die durch harte Arbeit die Fertigstellung ihrer Steinhäuser schafften. Die Familien konnten die beengten Provisorien hinter sich lassen. Schon die allerersten Häuser waren mit Wasser- und Stromanschluss versehen.

Die wirtschaftliche Situation des gesamten Kontinents verbesserte sich.

Neben den Wohnanlagen erstellten wir Schulen, schafften Arbeitsplätze für viele Berufssparten. Lehrer, Landvermesser, Planer, und Handwerker für die Bau wurden benötigt. Möbel- und Textilindustrie wurden in dem durch uns ausgelösten Wirtschaftswunder gebraucht. Die Forstwirtschaft wurde revolutioniert, Brandrodungen verboten. Zur Überwachung der Bestimmungen bedurfte es weiterer Arbeitskräfte.

Nicht zuletzt möchte ich erwähnen, dass es uns innerhalb der ersten fünfzehn Jahre gelang, den Drogenhandel zu unterbinden.

Unsere Dschungelkontrolleure ermittelten Anbaugebiete und Transportwege.

Gemeinsam mit Spezialeinheiten der Polizei erfolgte die Zerschlagung der Drogen-Maffia. Deren Bankkonten wurden beschlagnahmt und die immensen Geldmittel flossen in unsere Vereinigung.

Sanatorien und Kurheime konnten wir errichten und mit qualifiziertem Personal besetzen. Seit der Mitte des dritten Jahrzehnts gab es so gut wie keine Drogenabhängigkeit in Südamerika mehr. Im Gesundheitswesen erfolgte eine konsequente Weiterentwicklung, sodass alle komplizierten Eingriffe und Behandlungen vorgenommen werden können.

Die zum medizinischen Schwerpunkt erklärte Bekämpfung von Aids in A-2 zeitigte ebenso Früchte in Südamerika. Auch hier ist Aids ausgestorben.

Afrika hatte zum Zeitpunkt der Gründung von EA-5 die höchste Sterblichkeitsrate und

die weltweit größte Verbreitung der Immun-
schwächekrankheit Aids.

Dem zu begegnen wurden vor Ort in
unzähligen Seminaren und Aufklärungsveran-
staltungen Wege zur Prävention aufgezeigt. Es
bedurfte einer Sensibilisierung und Schulung
großer Teile der Bevölkerung. Die Kursteil-
nehmer erhielten finanzielle Vergütungen und
kostenlose Kondome.

Wir bauten in allen Orten Gesundheits-
stationen auf und setzten durch, dass die
Medikamente allen an Aids Erkrankten zur
Verfügung gestellt wurden.

Afrika war in besonderem Maße eine Heraus-
forderung für unsere Arbeit.

Im Gründungsjahr der „World-Save-Foundation EA-5" wurde der Kontinent von
kriegerischen Auseinandersetzungen erschüttert. Bruderkrieg, Völkermord, Stammes-
fehden, Glaubenskämpfe - es war ein Kontinent im Umbruch.

Allein im Sudan kamen täglich viele
Menschen in kriegerischen Auseinandersetzungen und deren Folgen ums Leben.

Weltbevölkerung, Politik und Presse nahmen
davon kaum Notiz, bis wir das Thema
aufgriffen. Hier galt es, neben der medizi-

nischen Versorgung, ein friedliches Zusammenleben zu erlangen.

Wir setzten bei den Kindersoldaten an!

Sie zu ihren Familien zurück zuführen, einzugliedern in unser Bildungswesen, ihnen neue, lebenswerte Ziele aufzuzeigen, war unser Ziel. Die jüngsten zurückgeführten Kindersoldaten mögen neun Jahre alt gewesen sein. Sie wirkten misstrauisch gehetzt, bereit zu flüchten oder zu kämpfen. Ihre Gesichter waren angespannt, die Blicke lauernd. Unseren Versprechungen auf ein Leben ohne Hunger, Töten und Angst vermochten sie kaum Glauben zu schenken.

Mit finanziellen Mittel warben wir sie für die Normalität an.

Ihre Wunden und Verletzungen wurden ärztlich versorgt.

Schwieriger war es, ihre Seelen zu heilen.

In ihren Heimatdörfern wurden die ehemaligen Kindersoldaten regelmäßig von Psychotherapeuten betreut. Die Rückkehr in die Familien, das Zusammentreffen mit alten Freunden, der Besuch der Schule und die Hoffnung auf ein friedliches Leben ließen sie die Kriegsgräuel überwinden. Durch Tätigkeiten am Bau konnten sie Geld verdienen, denn allenthalben wurden Wohnhäuser errichtet, Schulen erweitert und Gesundheits- und Begegnungszentren gebaut.

Nach den ersten Erfolgen der Foundation wurde es immer leichter, Kindersoldaten umzukehren und so unserem Ziel, alle Soldaten überflüssig zu machen, näher kommen.

Die Gründe für das Töten und Morden mussten beseitigt werden!

Zeitaufwändige Konferenzen hatten diesen Themenkomplex zum Inhalt.

Die Lösung erwies sich einfacher als angenommen: Wir zahlten für jede abgelieferte Waffe einen Betrag, der sich nach ihrer Größe bemaß.

Bereits in den ersten drei Monaten machte etwa die Hälfte der Söldner von diesem Angebot Gebrauch.

Finanzielle Wiedereingliederungshilfe und das Überlassen von Grund und Boden bot weiteren Anreiz. Bei der Beschaffung von Baumaterial waren wir behilflich.

Parallel zu diesen Maßnahmen ließen wir Brunnen erstellen.

Unsere Wünschelrutengänger, Bohrtrupps und Brunnenbauer wurden oft erst in Tiefen von über fünfzig Metern fündig, aber es gelang, Wasser zu jedem Landstück zu leiten! So wurden aus den ehemaligen Kriegern Grundeigentümer. Deren Arbeitskraft im Zuge unserer Aufbauhilfe wurde benötigt als Lebensmittel, Tuch- oder Gemüsehändler und Handwerker.

Der Erfolg unserer Arbeit war überwältigend.

Nicht selten wechselte ein geschlossener Zug Söldner auf unsere Seite. Abwarten mussten wir, bis den letzten Kämpfern die Munition ausging.

Den Nachschub hatten wir unterbunden!

In zähen, aber erfolgreichen Verhandlungen mit der Kriegswaffenindustrie in E, A-4 und A-5 konnten wir die Schließung aller Munitionsfabriken erreichen!

Dies zählt mit zu unseren größten Leistungen: Einen auf Zerstörung ausgerichteten Industriezweig auf die Produktion von Baustoffen umzustellen!

Krieg ist auf diese Weise weltweit unmöglich geworden!

Die Lebensbedingungen haben sich derart verbessert, dass die überwiegende Anzahl der Menschen, die ab der Mitte des ersten Jahrzehnts unseres Jahrhunderts ihre Heimatländer verließen, um in der Fremde ihr Glück zu finden, wieder nach Hause zurückkehrten.

In Ägypten wurden wir in der Weise tätig, dass wir für alle der zigtausend auf und von den Müllkippen der Großstädte lebenden Menschen zweckmäßige Gebäude und angemessene Lebensbedingungen schafften.

Wir errichteten Häuser und Schulgebäude am Rande der Großstadt. Die meisten Kinder erhielten durch diese Maßnahme zum ersten Mal Unterricht, erwiesen sich als wissbegierig und empfanden das Lernen als Privileg! Ebenso gingen wir bei den auf den Müllkippen anderer Länder Lebenden vor.

Die Aufgaben in A-3 waren vergleichsweise einfach.

Hier galt es, die Probleme der Ureinwohner zu lösen, ihnen angemessene Ländereien zu geben, sie traditionelle Arbeiten ausführen zu lassen.

Wir erreichten eine Übereinkunft mit der Tourismusbranche Australiens, dass auf dem gesamten Kontinent nur von Indianerstämmen hergestellte Souvenirs angeboten werden dürfen. Parallel dazu lernten sie einen wohl dosierten Umgang mit Alkohol. Schutz vor verheerenden Waldbränden war ein weiterer

Punkt!

Wir schafften ein Brunnensystem zu bauen.

Ein Satelliten gestütztes Frühwarnsystem, die Erweiterung der Flotte von Löschflugzeugen sowie die Modernisierung der Feuerwehr bewirkte, dass 2025 der letzte Waldbrand bekämpft werden musste.

Freude bereitet den australischen Schulkindern weiterhin die von uns gleich bei Aufnahme unserer Arbeit eingeführten zweitägigen, monatlichen Treffen jener Kinder, die Fernunterricht erhalten müssen. Sie kannten ihre Lehrer und Mitschüler zuvor nur vom Bildschirm.

In A-4 war es wiederum unser Ziel Kindern zu helfen. Die Gleichberechtigung von Mädchen und Jungen setzten wir durch.

Hiermit begannen wir in Indien. Die Mitgift für Mädchen wurde abgeschafft. In China verhandelten wir häufig mit den Regierungen und erreichten, dass die Vorschriften über Zwangsabtreibungen zurückgenommen wurden.

Familien dürfen nun zwei Kinder bekommen, die ein Recht auf Ausbildung haben.

Im Gegenzug verpflichten sich Ehepaare, nach Erfüllung ihres Kinderwunsches sich sterilisieren zu lassen. Die gezielte Abtreibung bevorzugt weiblicher Föten wurde verboten.

Ein großes Aufgabengebiet war die Abschaffung von Kinderarbeit und Kinderprostitution in Asien.

Dem entgegen zu wirken, musste die Armut bekämpft und die Väter in die Lage versetzt werden, ausreichend für ihre Familien zu verdienen. Wir entwickelten Strukturen, die eine rasante wirtschaftliche Entwicklung bewirkten und Arbeitskräftemangel hervorriefen. So konnte der Prostitution von Frauen und Kindern, noch im Gründungsjahr der EA5, in vielen Ländern Asiens weit verbreitet, die Grundlagen entzogen werden.

Bei der Bekämpfung des Drogenanbaus halfen uns unsere Erfahrungen, die wir in A1 machten.

Während des Bestehens der „World-Save-Foundation" konnten Wunschvorstellungen von Menschen realisiert werden, die im Jahre 2020 noch als Utopisten galten.

Wir haben allen Grund stolz auf das Erreichte zu sein, wenngleich es noch genügend - auch in Nordamerika und Europa - zu tun gibt.

Zwar haben wir das Fracken von Erdgas in diesen Kontinenten unterbinden können, aber unsere Bemühungen um die Menschenrechte halten immer noch an.

Weltweit beschäftigt uns weiterhin die Erhaltung der Umwelt. Stolz können wir berichten, dass wir uns der Zielsetzung des `Friday-For-Futur´ angenommen haben und dabei sehr erfolgreich waren und sind.

Beispielsweise erinnere ich an meine Ausführungen zur Brandrodung in Südamerika.

Gespannt bin ich, wie unsere Erde in weiteren fünfundzwanzig Jahren aussehen wird. Dass es bei ihnen ähnlich ist, zeigt ihr Interesse an dieser Zusammenfassung zum fünfundzwanzigsten Jubiläum unserer „World-Save-Foundation EA-5".

Am Ausgang liegt der Tätigkeitsbericht in schriftlicher Form zum Nachlesen aus.

Bitte, bedienen sie sich.

Vielen Dank für ihr Zuhören!"

Veränderte Vorzeichen

Als sie das Büro betrat, erklärte ihr Kollege gerade einem afrikanischen Mann den Weg zum Verkehrsverein beim Bahnhof. Der Fremde hatte einige zerknickte Zettel in seiner braunen Hand.

Er suchte in dem Papierpäckchen aus zerfledderten Schriftstücken einen gelben Schein, entfaltete ihn und wies eindringlich darauf hin, dass ein Betrag von vierzig Euro zu zahlen sei. Es war eine Strafe wegen Schwarzfahrens.

Ihr Kollege hatte das in englisch geführte Gespräch offensichtlich dahingehend verstanden, dass der Fremde nicht wusste, an welcher Stelle die Strafgebühr zu entrichten sei und erklärte wiederum den Weg zum Bahnhof.

Sie jedoch glaubte zu verstehen, dass dem Mann das Geld für die Strafe fehle.

Sie überlegte, aus welchem Grund er gerade in ihre Behörde gekommen war und wer ihm sonst noch den Betrag geben könne.

Vielleicht, so vermutete sie, wollte er zum gegenüberliegenden Gebäude der Caritas? Ja, dort werde man ihm sicher helfen.

Er verstand nicht!

„What´s Caritas?" „It´s from church! May be

they can help you. It´s the house across the street! Go there and try to get the money!"

Der Mann wirkte unschlüssig, schaute sie und ihrem Kollegen abwechselnd an, zögerte, schien den Weg nicht antreten zu wollen.

Während sie sich gegenüber standen, erinnerte sie sich an viele liebenswerte Menschen, deren freundliche Hilfe sie bei Auslandsaufenthalten in Anspruch nehmen konnte.

Ihn jedoch begleitete sie zur Eingangstür, wies mit der Hand nach gegenüber und sagte: "Look, this door there is from Caritas. Go there! I hope they´ll help you!"

Ihr Entgegenkommen schien ihn ermutigt zu haben, abermals den gelben Schein hervorzukramen und ebenso eindringlich wie zuvor auf die Notwendigkeit der Bezahlung der vierzig Euro hinzuweisen.

Ohne Schärfe, jedoch bestimmt erwiderte sie: "It is not allowed in any country of the world to go by train without ticket!"

Sie war erstaunt, wie flüssig der Satz über ihre Lippen kam und erschrak zugleich.

Kinderenglisch und Erwachsenenempfinden.

Er ging! Sie schaute ihm nicht nach.

Es war ihr egal, ob er die richtige Tür fand.

Auf Kosten der Allgemeinheit Schwarzfahren

und die Strafzahlung dafür von anderen erwarten, dies sei zu viel des Guten, sagte sie sich!

Jedoch kam ihr zugleich eine Geschichte in den Sinn, die sie über vierzig Jahre nicht vergessen hatte. Sie trug sich zu der Zeit zu, in der sie ihre Englischkenntnisse erwarb.

Ihre Straßenbahnkarte war exakt bis zur Haltestelle ihrer Schule gültig.

Eines Herbsttages in der Quinta überredete eine Mitschülerin sie, im nahen Kurpark Bucheckern zu sammeln.

„Aber nur, wenn wir die eine Haltestelle zu Fuß laufen! Meine Karte endet an der Kurpark-Allee. Wenn ich beim Schwarzfahren erwischt werde, dann kann ich zu Hause was erleben!" „Ja, ja, ich laufe mit dir!" Sie sammelten im herbstlichen Laub viele Bucheckern und sie drängte, den Rückweg anzutreten, damit ihre Mutter nichts merken würde. „Du bist vielleicht schissig!" sagte ihre Schulfreundin. „Wir werden schon rechtzeitig umkehren. – Das habe ich dir doch versprochen, dass ich mit dir bis zur Haltestelle Kurpark-Allee zurücklaufe. – Warum geht deine Karte nicht auch bis zum Alfred-Platz? – Bei mir hat es das Gleiche gekostet."

Als sie aus dem Kurpark auf die Hauptstraße traten, kam die Straßenbahn bereits. Selbst wenn sie noch so schnell gerannt wären, hätten sie die Haltestelle stadteinwärts nicht rechtzeitig erreichen können.

Sie steckte in einer argen Zwickmühle! Einerseits durfte ihr Ausflug durch zu späte Heimkehr nicht auffallen, andererseits war das nur zu schaffen, wenn sie die gerade anrollende Straßenbahn nahm.

Ihre Ängste wegen der erst eine Haltestelle stadtwärts gültigen Fahrkarte zerstreute ihre Mitschülerin.

„Da hältst du einfach den Zeige- und Mittelfinger über den Stempel. Das machen alle so. – Du weißt ja selbst, wie nachlässig die meist kontrollieren!"

Ihr war mulmig.

Der Straßenbahnwagen war fast leer.

Das übliche Gedränge zum Schulbeginn oder – schluss hätte bei den meisten Schaffnern zu großzügiger Kontrolle geführt, nicht so bei der einzigen, zudem besonders strengen Schaffnerin im ganzen Ort! Als sie die Unerbittliche entdeckte, wäre sie am liebsten aus der anfahrenden Straßenbahn gesprungen. Ihre Hand zitterte, als sie der Schaffnerin die

Fahrkarte mit dem verdeckten Stempel entgegenhielt.

Es kam, wie sie gefürchtet hatte! „Nimm mal deine Finger von der Streckenangabe!"

Ihr wurde schlecht.

Ihre Schulkameradin hielt sich abseits.

An die Vorwürfe der Schaffnerin kann sie sich nicht mehr erinnern, nur, dass sie weinen musste, weil sie kein Geld zum Nachlösen besaß.

Die Mitschülerin, die zuvor noch versprochen hatte, sie würde ihr im Notfall die 15 Pfennig leihen, die sie bei sich habe, sagt nichts, als sie hörte, dass 30 Pfennig fällig waren.

„Gib mal deine Monatskarte her, wenn du nicht bezahlen kannst!", hörte sie die Schaffnerin. „Die kannst du dir vom Depot wieder holen, wenn du die Gebühr entrichtest!" „Ich muss ja noch umsteigen. Wie soll ich denn ohne Karte nach Hause und danach zum Depot kommen?" fragte das Kind weinerlich. „Daran hättest du vorher denken müssen!" An diesem Punkt stand eine junge, elegante Dame von ihrem Sitz auf. Es schien, als wolle sie an der nächsten Haltestelle aussteigen, jedoch reichte sie der Schaffnerin 30 Pfennig!

„Sei nicht mehr traurig! Es ist ja nur Geld. Deshalb muss man nicht weinen", sagte sie.

„Mir scheint, sie unterstützen das betrügerische Verhalten noch. Sie haben wohl gar kein Rechtsempfinden," schimpfte die Schaffnerin und wurde von der gütigen, jüngeren Dame darauf hingewiesen, nun unvermittelt die Monatskarte wieder auszuhändigen.

Ob sie sich ausreichend bei ihrer liebenswerten Gönnerin bedankt hat, ist fraglich. Vergessen hat sie sie bis heute nicht.

Zwei Geschichten gleichen Ursprungs!

Was zu der unterschiedlichen Beurteilung bei der Begegnung mit dem Fremden und ihrer Schülerinnenschwarzfahrt geführt hat, fragt sie sich.

Warum sie sich den Nöten des Anderen verschloss, überlegte sie und wusste gleichwohl, dass sie bei einer Wiederholung der Geschehnisse nicht anders sein - nicht anders handeln würde.

Von Schuhen und Fußabdrücken

Sie ist eher eine untypische Frau, geht ungern shoppen und trägt ihre Garderobe lange.

Sie hat keinen Schuhtick, wie es von manchen ihres Geschlechts gesagt wird.

Im vergangenen Herbst jedoch meinte sie, dass ein Paar neue Winterschuhe fällig wären.

Im Fachgeschäft fand sie welche, die nicht ganz ihrem Geschmack entsprachen, jedoch viele Vorteile boten. Es waren hohe Schuhe, die bis über die Knöchel reichten. Auf den abschließenden Pelzrand hätte sie gern verzichtet, doch die Verkäuferin setzte sich durch, indem sie meinte, das habe man jetzt so, sähe sehr schick aus. Dennoch hätte sie gern auf dieses Detail verzichtet. Ebenso die eingearbeitete Membranen hielt sie für überflüssig. Genau das sei der Clou dieser Winterschuhe. Die Membranen ermöglichen, dass der Fuß atmen könne, wurde ihr erklärt. Die Schuhe mit dem guten Tragekomfort kamen mit.

Der Winter konnte kommen.

Sie wäre gerüstet!

An einem verschneiten Sonntag entschlossen sie und ihr Mann sich, einen ausgiebigen

Marsch zu unternehmen.

Sie liefen durch die Felder bis zu einer Anhöhe. Dort kehrten sie um und wendeten sich wieder dem Ort zu.

Die neuen Schuhe erwiesen sich als tadellos. Sie drückten nicht und wärmten.

Sie hatten noch eine Stunde bis zu Hause zu laufen, als es geschah. Bei jedem Schritt fühlte es sich an, als ob jemand Eiswasser auf die Schuhe gösse. Sie hatte nasse, eisige Füße.

Der Schnupfen war ihr gewiss.

Als sie den Rückweg geschafft und die nassen Schuhe ausgestopft und zum Trocknen an die Heizung gestellt hatte, gab es Abendbrot und kurz Fernsehen. Erschöpft fielen beide ungewöhnlich zeitig ins Bett. Er schlief sofort ein, während sie über das gerade Erlebte nachgrübelte.

Beim ersten Tragen der neuen Winterschuhe so etwas Ärgerliches zu erleben! Ihre Gedanken hielt sie vom Einschlafen ab. Würde man ihr diese Geschichte beim Umtausch glauben? Waren die Membranen falsch eingearbeitet worden? Sie ärgerte sich, sich durch ihr Nachgeben überhaupt in diese Situation gebracht zu haben, als sie auf der Straße einen Knall vernahm. Es folgten zwei weitere.

Gleich würde der Motor gestartet werden und das Auto abfahren.

Als sie gerade dachte, dass die Schläge merkwürdig metallen klangen, erfolgten neben der Eingangstür drei weitere.

Sie stürzte zur Tür und klopfte laut gegen die Scheibe.

Im Licht des Scheinwerfers sah sie eine zarte Gestalt weglaufen. Sie trug eine hellgraue, längere Jacke und eine schwarze Hose. Mehr zu sehen, war ihr wegen der milchigen Scheibe nicht möglich.

Eigentlich hatte sie soeben einen Einbruchsversuch erlebt, erkannte sie zögerlich. Sie ging zum Telefon und wählte die Nummer der Polizei.

Während sie ihrem Mann die Geschichte erzählte, wurde sie nervös.

Schnell zog sie einen Mantel über den Schlafanzug und zog Schuhe an.

Es schneite nicht mehr.

Nach kurzer Zeit hielten zwei Peterwagen vor dem Haus an.

Sie kamen von unterschiedlichen Seiten.

Die Besatzungen verschafften sich einen Überblick, sahen sich die Schuhgröße und das

Muster der Sohlen an.

Drei der Beamten schwärmten aus, während sich die Polizistin den Hergang von ihr schildern ließ.

Während die beiden Frauen noch am Tor standen und die Lage umrissen, kam eine nicht große Gestalt in hellgrauer Jacke und schwarzer Hose um die Ecke. Sie war, außer ihnen, die einzige Person zu dieser Zeit und bei diesem Wetter auf der Straße.

Als sie den jungen Mann sah, sagte sie zu der Polizistin, sie möge ihn doch überprüfen. Er hätte es von der Statur und von der Kleidung her sein können.

Sein Verhalten war auch merkwürdig.

Er überquerte neben den Beiden die menschenleere Straße und setzte seinen Weg auf der gegenüber liegenden Straßenseite fort.

Kein Blick auf die beiden Polizeiautos und die Frauen, keine Frage: „Was ist hier denn geschehen?"

Sie fand das Verhalten merkwürdig - nicht so die Polizistin. Sie ließ ihn unbehelligt vorbeiziehen.

Als die Polizeibeamten wieder eintrafen, die den Fußstapfen des Täters gefolgt waren, wurde zur Gewissheit, dass der Einbrecher gerade an ihnen vorbeigelaufen war.

Nach dem Bericht der Polizisten entfernten sich die Fußstapfen vom Tatort, verliefen am Haus vorbei bis zur nächsten Kreuzung. Dort bogen sie nach links ab, liefen bis zur nahegelegenen Polizeistation, überquerten die Straße, um ein Stückchen einen kleinen Weg entlang zu laufen. Der Täter urinierte.

Für sie wurde während der Berichterstattung der zurückgekehrten Beamten klar, dass der Täter beobachtete, wie die beiden Polizeiwagen abfuhren. Um sicher zu sein, dass dies für seine Einbruchversuche geschah, überquerte er abermals die Straße, ging den plattierten Weg am Polizeigebäude entlang, bog wiederum links ab, um wieder an der Hausecke zu sein, an dem die Polizeiautos standen.

Auch die Polizisten verfolgten die Spur bis zum Tatort zurück. Die Schritte waren ganz deutlich zu erkennen, da die Straße immer noch, bis auf die Beteiligten, menschenleer war. Sie führten an der Hausecke auf den gegenüber liegenden Bürgersteig und verliefen sich in Höhe eines kleinen Versicherungsbüros, bei dem Tage zuvor auch erfolglos einzubrechen versucht worden war.

Es hatte eine Holztür, die deutliche Beschädigungen aufwies.

Der Einbrecher schien noch Erfahrungen zu sammeln.

Er scheiterte nicht nur bei der Versicherung, dem Schaukasten, sondern auch an der Tür des kleinen Ingenieurbüros nebenan.

Große Schätze hätte er mit Sicherheit an allen drei Orten nicht bekommen.

Bis zur Tür der Versicherung führte die deutliche Fußspur, dann war sie zertrampelt worden.

Der Einbrecher schien, obwohl er lesbare Fußabdrücke hinterließ, wie vom Erdboden verschluckt zu sein.

Die Polizisten kamen zurück.

Am nächsten Vormittag erschienen zwei Kriminalbeamte. Sie untersuchten die Tür und sagten, die sei sehr stabil. Das hätte er bei größerer Erfahrung sehen müssen, dass er die nicht aufkriegen würde.

Es war beruhigend.

Später stellte sich heraus, dass eine Einbruchsserie in dieser Gegend beendet war.

Während sie diese Zeilen schreibt, erinnerte sie sich daran, dass sie sich lange Zeit fragte, warum die Polizistin den einzigen Mann nicht ansprach, der zu dieser Zeit unterwegs war und auffällig uninteressiert an den beiden Frauen und Polizeiautos vorbei ging, er trug die zuvor beschriebene Kleidung, kam ihr vielleicht eine Erklärung. Es kann sein, dass eine einzelne Polizistin aus Sicherheitsgründen keine Verhaftung vornehmen durfte. Es kann sein, dass sie vor dem schmächtigen Fußgänger Respekt hatte.

Das wäre verständlich. Man weiß ja nie, was andere mit sich führen.

Am nächsten Tag las sie von der Verhaftung eines Einbrechers in der Zeitung. Sie geschah in einer Nachbarstadt. Der Mann hatte sich auf das Dach einer Tankstelle geflüchtet. Er wurde jedoch von den eindeutigen Fußspuren im Schnee verraten.

Ihr Schnupfen fiel harmloser aus als erwartet.

Sie merkte, dass die Schuhverkäuferin ihren Ausführungen nicht uneingeschränkt glauben wollte, tauschte die neuen Schuhe jedoch problemlos um.

Sie wählte Sandalen.

Spanien mit Hindernissen oder: unvergessliche Hilfsbereitschaft

Im betagten Bulli brachen wir vor sehr langer Zeit zu einer Tour durch Spanien auf.

Die Strecke führte uns über die Schweiz, die französische und spanische Küste entlang. In Malaga begingen wir unseren vierten Hochzeitstag. Wir waren in einem Restaurant, dessen Terrasse über das Meer ragte.

Es war, obwohl schon Ende September, sehr warm, als wir Südspanien wegen des nahenden Urlaubsendes verlassen mussten.

Wir waren recht frühzeitig aufgebrochen vom Campingplatz in Torremolinos und vorbei an Malaga in Richtung Norden gefahren. Cordoba hatten wir schon lange hinter uns gelassen und gerade dachte ich, dass wir in einigen Stunden im Meer baden können, als der Bulli-Motor seinen Geist aufgab. Das Geräusch setzte aus, als ob jemand den Motor ausgestellt hätte. Helmut konnte nicht mehr beschleunigen und rollte auf dem Seitenstreifen einer breiten, damals wenig befahrenen Straße aus. Neue Startversuche erwiesen sich als erfolglos. Außer einigen knackenden Geräuschen tat sich nichts im Motorraum.

Wir befanden uns inmitten weit ausgestreckter Olivenhaine und überlegten angestrengt, wann wir das letzte Haus gesehen hatten. Drei bis vier Kilometer lag es mindestens zurück! War da nicht sogar eine Tankstelle?

Ich kletterte eine Böschung hinauf, um über die Olivenplantagen schauen zu können.

Mein Schrecken vervielfachte sich, als ich zum Auto zurückkehrte und einen Motorradfahrer der Guardia-Civil sah, der um unser Gefährt ging, uns Beide misstrauisch beäugte in unseren gebatikten Unterhemden und Jeanshosen.

Wir sahen wie gemäßigte Flower-Power-Kinder aus und das reichte im damaligen konservativen Spanien zur Hippiezeit!

Mir schoss der Bericht durch den Kopf, nach dem kurz zuvor auf Mallorca ein Großvater, der seine Enkelin vor der Polizei schützen wollte, von der Guardia-Civil erschossen worden war.

Scheinbar unterwanderten die ausländischen Blumenkinder das Franco-Regime, denn es schlug mit voller Strenge zurück.

Wir wurden jedoch nicht verhaftet, keines Olivenklaus bezichtigt, nur scharf angeblickt. Der Polizist verließ uns mit der Zusage, einen

Mecanico zu schicken.

Sofort schlug meine Laune um! Die Angst verwandelte sich in freudigen Optimismus!

Nach längerem Warten kam der Abschleppdienst, nahm unseren Bulli an den Kanthaken. Wir stiegen ins Zugfahrzeug.

Der Fahrer fragte im Verlaufe der etwa zwanzig Kilometer langen Strecke, ob wir verheiratet seien und wie viele Kinder wir hätten.

Verheiratet - vier Jahre - keine Kinder!

Er lachte herzhaft! Er auch verheiratet - vier Jahre - vier Kinder!

Mit den wenigen spanischen Worten, die wir kannten, wurde uns dennoch vieles klar gemacht. Zum Beispiel auch, dass unser Gefährt anscheinend doch kaputter war, als ich mir einzureden versuchte. In der angesteuerten Renault-Werkstatt konnte man uns nicht helfen. Sie schoben den VW an die Straße.

Die nächste VW-Werkstatt war im etwa fünfzig Kilometer entfernten Ort Jaen. Bis dahin wollte man den Wagen nicht schleppen.

Ein Stück oberhalb lag auf der anderen Straßenseite eine große Tankstelle. Dorthin liefen wir - auf Hilfe hoffend.

Die gab es, wenn auch anders als gedacht.

Man schüttelte nachhaltig den Kopf auf die Bitte um Reparatur, als man begriff, dass der Wagen in der nahen Renault-Werkstatt nicht Instand gesetzt werden konnte.

Entweder dort oder nirgendwo sonst hier in der Nähe!

Jedoch bastelten mehrere englische Studenten an einem von zwei Jeeps.

Wie sich herausstellte, waren sie auf der Rückfahrt aus der Sahara, als an einem Fahrzeug ein Schaden an den Bremsen auftrat.

Sie hatten jede Menge Werkzeug bei sich und bekamen die Reparatur irgendwie hin. Ganz sicher waren sie nicht, ob das Provisorium von langer Dauer sein würde.

Ja, sie würden den Bulli abschleppen bis zu einer Kreuzung, an der sie selbst in Richtung Norden weiter müssten, während Jaen mit der VW-Werkstatt entgegengesetzt lag.

Der Jeep mit der notdürftig reparierten Bremse schleppte unseren Bulli durch die bergige Landschaft.

Einer der Saharafahrer stieg zu uns in den Fahrerraum. Er wollte für schnelle Umsetzung sorgen, wenn vom Zugfahrzeug das Signal gesendet würde, dass dessen Bremsen ausgefallen seien.

Dann hätte Helmut das gesamte Gespann abbremsen müssen, sah die Planung vor.

Zusammen waren wir stark! Wir mit der guten Bremse und die Engländer mit intaktem Motor.

Der Konvoi durchfuhr in langsamem Tempo die sonnigen Berge und Täler.

Alles ging gut.

Die Bremse des Zugfahrzeuges hielt durch und auch der Motor.

An der Abzweigung nach etwa zwanzig Kilometern fuhren sie auf einen gut einzusehenden Parkplatz, entfernten das Abschleppseil, winkten „so long" und fuhren gen Norden.

Wir blieben zurück.

Ich machte erst einmal etwas zum Essen und Trinken. Danach hängte ich mir das Abschleppseil über die Schulter und klemmte den Autoatlas unter den Arm, stellte mich an den Straßenrand und winkte mit hochgestelltem Daumen in Richtung Süden fahrenden Autos zu.

Es kamen nicht viele vorbei und davon hatten kaum welche Anhängerkupplungen oder Abschleppmöglichkeiten.

Eigentlich dauerte es gar nicht lange, bis ein

Campingwagen der Marke Fiat mit dänischem Nationalitätenschild ankam.

Ich hatte sofort das freudige Gefühl, dass man uns helfen würde, sollte mich jedoch getäuscht haben.

Der Fiat fuhr vorbei!

Enttäuscht schaute ich mich nach ihm um und stellte fest, dass er keine Anhängerkupplung besaß. So warteten wir auf das nächste Auto nach Jaen. Es gab damals wenig Verkehr. Jedoch kam nach kurzer Zeit der Fiat-Campingwagen zurück, fuhr auf den Platz und ein junges Paar mit dreijähriger Tochter stieg aus. Bei uns war die Freude groß, da wir wussten, dass die Dänen zurückgekehrt waren, um uns zu helfen. Sie sprachen gut deutsch, besonders die Frau. sie sagte, dass sie zunächst nicht anhalten wollten, weil die vor ihnen liegende Wegstrecke ziemlich steil werden würde. Sie fürchteten, dass der Fiat das Abschleppen nicht bewältigen könnte. Die Bedenken waren berechtigt. Auch VW-Transporter waren zu jener Zeit keine Kraftprotze. Schon, als sie unser Nummernschild zum ersten Mal erblickte, stieg in der Frau eine wohlige Vertrautheit auf, erzählte sie.

Dreieinhalb Jahre hatte sie in einem Metall verarbeitenden Betrieb unserer Stadt als Sekretärin gearbeitet und in der Grünstraße gewohnt.

Solch ein Zufall!

Unsere Stadt und die Dänin!

Aber, so führte sie weiterhin aus, das vertraute Nummernschild allein war es nicht, das sie bewogen hatte, diese riskante Abschlepphilfe zu leisten.

Ihnen wurde ihre kurz zuvor durchlebte Hilflosigkeit wieder bewusst und ihre Freude über rasche, freundliche Hilfe.

Das Erlebnis war erst einige Tage alt.

In Frankreich rutschten sie mit ihrem Campingbus in einen Straßengraben.

Es goss in Strömen.

Alles war matschig!

Die Räder drehten durch! Die Kleine weinte. Ohne fremde Hilfe kamen sie nicht wieder heraus.

Mehrere Pkw-Fahrer hatten inzwischen angehalten, schoben mit vereinten Kräften, beschmutzten sich Schuhe und Kleidung und bewegten das Fahrzeug nicht nennenswert weiter.

Es musste ein schweres Zugfahrzeug her!

Die Helfer machten den Dänen Mut, zum nächstgelegenen Bauernhof zu gehen und ihre Notlage zu schildern. Daran hatten sie auch schon gedacht, sich aber wegen des Sonntags und des schlechten Wetters nicht getraut. Sie hätten lieber den Werktag abgewartet.

Schließlich gingen sie zum Bauernhof, weil ihr Kind sich auf der schiefen Ebene des Fahrzeugbodens nicht auf den Beinen halten konnte. Schlafen wäre durch die Schieflage ebenso schwierig geworden im Graben dieser verkehrsreichen Straße.

Als sie an die Tür des Bauernhauses klopften, wurde ihnen freundlich geöffnet. Um einen großen Tisch saß eine vielköpfige Gesellschaft und trank Kaffee.

Das ist kein guter Moment, dachte die Dänin und scheute sich zu stören und nach einem Traktor zu fragen.

Jedoch stand ein Mann mittleren Alters unverzüglich auf, holte den Trecker aus der Remise und zog laut und stark den Fiat aus dem Graben. Dass an dieser Stelle häufiger Autos zu bergen seien, erzählte der hilfsbereite Franzose noch und die Nord- und Mitteleuropäer trennten sich nach herzlichen Umarmungen!

Das Auto wies keinerlei Beschädigungen auf - abgesehen vom Matsch, der an allen Stellen klebte. Diesem glimpflich verlaufenen Unfall, mehr noch den vielen Helfern, besonders dem Bauern, hatten wir es zu verdanken, dass die Dänen uns bis Jaen schleppten.

Die über dreißig Kilometer Berg- und Talfahrt auf der Straße von Madrid nach Granada verlief ohne große Tiefschläge.

Mehrmals hielten sie an, weil das Kühlwasser des Fiats kochte.

Bei einer Rast erzählten die Dänen, dass sie sich auf dem Weg nach Nordafrika befänden, wo sie so lange umherziehen wollten, bis ihr Geld aufgebraucht sei. Daheim hatten sie ihren Hausstand aufgelöst, alle Ersparnisse zusammengenommen und sich das Campingmobil gekauft. Vom Rest des Geldes hofften sie, ein Jahr lang durch Nordafrika touren zu können.

In Jaen, vor der Garage Lopez, gab es wiederum Umarmungen zwischen Nord- und Mitteleuropäern. Einladen durften wir die drei Hilfsbereiten nicht, weil sie an diesem Nachmittag noch ein Stück weiterkommen wollten. Winken und gute Wünsche rufen zum Abschied! Es war kurz vor Betriebsschluss und so wurde erst am nächsten Morgen ermittelt, was dem zum Wohnmobil umgestalteten VW-Bulli fehlte.

Die Garage Lopez - sie sprechen Garache - bestand aus einer großen Halle, in deren vorderem Teil die Werkstatt angeordnet war. Der überwiegende Teil wurde als Parkhaus genutzt.
So stand unser grüner VW-Transporter gleich links neben dem Einfahrtstor.
Obwohl wir noch genügend Bargeld bei uns hatten für unsere letzte Urlaubswoche, wollten wir kein Hotelzimmer nehmen. Wir konnten im Bulli schlafen, die Toilette der Werkstatt benutzen und uns an dem kleinen Handwaschbecken reinigen.
Es roch nicht allzu sehr nach Öl und Schmierstoffen!
Nachts saß ein Portier neben dem Eingang und gab Acht, wer hier ein- und ausfuhr.
Helmut wurde krank.
Die Aufregung und die Luft!
Am nächsten Morgen konnte er den Bulli nicht verlassen, an dessen Heckklappe fleißig montiert wurde.
Nach kurzer Zeit hatte man so viel ausgebaut, dass man sagen konnte, der „Piston" sei kaputt.

Damit konnten wir Ahnungslosen nicht viel anfangen. Auch das intensive Betrachten des etwa zwei Quadratzentimeter großen, gezackten Loches auf dem runden Boden eines glänzenden, zylinderförmigen Teiles, von dem es noch drei heile gab, brachte keine weitreichenden Erkenntnisse. Scheinbar war eines der Ventile abgerissen und hatte den Boden des Kolbens durchschlagen. Das Loch war weder zu löten noch zu schweißen, bedeutete man uns. Ich glaubte das nicht wirklich, erfuhr erst später, dass die Kolben eines Motors aus Aluminium oder einer Aluminiumverbindung bestehen und wirklich nicht zu schließen sind.

Hier in der Garache Lopez in Jaen - gesprochen Chaen - musste ich den Überblick behalten, denn Helmut war einfach krank.

Ich hingegen hatte Hunger und es fehlte Brot.

So zog ich los, um welches zu kaufen und ein Fremdwörterbuch – Spanisch-Deutsch! Die ersten Schwierigkeiten entstanden bei der Suche nach Brot! Möbel hätte ich in Hülle und Fülle erwerben können, jedoch fehlten Bäckereien oder Lebensmittelläden.

Ich hatte schon einen ganzen Teil der Stadt durchforscht, mein Hunger steigerte sich ins

Unerträgliche, ich dachte an Helmut, der schon auf mich warten würde, konnte mir nicht vorstellen, dass man hier Möbel verspeisen würde und hätte am liebsten geheult.

Mir fehlten Brot und Sprachkenntnisse!

Weiter in der City fand ich eine Tourist-Information. Hier verstand man Englisch und war so freundlich, einen jungen Angestellten mitzuschicken zum Brot- und Wörterbuchkauf. Inzwischen war es fast Mittag. Brot bekamen wir, der Buchladen hatte wegen der Mittagspause geschlossen.

Roman, so hieß der junge Angestellte, lud mich noch zu einem Wein ein. Ich konnte dem nicht entgehen, da er in mich drang und versprach, mich in eine ganz spezielle Wirtschaft zu einem ganz speziellen Wein einzuladen. Ich dachte an den kranken Liebsten im grünen Bulli, hatte immer noch nichts gegessen und latschte mit Roman zum Weintrinken. Die Pinte wirkte übel - alle an der Theke und dahinter schauten auf uns. Es gab Cherry, den ich damals noch nicht mochte. Er wirkte schnell wegen des leeren Magens und der Hitze.

Meine Situation erschien mir sofort nicht mehr so trostlos! Ich registrierte kaum, dass alle erschrocken schauten, wenn Roman den anderen Trinkern erzählte, dass der „Piston" unseres Autos kaputt sei.

Roman war einige Zeit aus beruflichen Gründen in Mallorca gewesen, erzählte er und ließ sein Unverständnis über die Freizügigkeit der Touristen Ende der sechziger Jahre des letzten Jahrhunderts durchblicken.

Er behauptete, die schwedischen Reisenden würden von der Insel nichts sehen, da sie den ganzen Tag lang ihren Rausch ausschlafen müssten, um nachts weiter zu saufen. Bei den Deutschen seien in erster Linie die sexuellen Aktivitäten mit wechselnden Partnern bemerkenswert. Die Engländer betätigten sich in beiden Richtungen, jedoch wohl dosierter. Sie damals dennoch nicht gemocht. Wegen Gibraltar?

Ich trank mein Glas Cherry aus, bat Roman, mir den Weg zur Werkstatt zu zeigen, verzichtete auf den von ihm möglicherweise angestrebten Aleman-Espanol-Sex und war erfreut, dass es Helmut schon etwas besser ging. Die Arbeiten am Bulli waren eingestellt worden und es wurde eifrig mit Nordspanien telefoniert. In Vitoria gab es damals schon ein VW-Werk, das die entsprechenden Ersatzteile schicken sollte. Die telefonische Verbindung war schwierig und kam oft überhaupt nicht zustande. Es wurde noch von Hand vermittelt und die wenigen Leitungen waren überlastet. Auf diese Weise dauerte unser Aufenthalt in der Garage Lopez über eine Woche.

Das Auto war inzwischen ein Stück zur Seite geschoben worden, Helmut hatte seinen Schock überstanden und wir hatten genügend Zeit, uns mit der südspanischen Mentalität und Sprache auseinander zu setzen. Nach der dritten Nacht in der Garage Lopez war Helmut wieder fit und wir suchten den Buchladen auf, um ein Spanisch/Deutsches Wörterbuch zu erstehen, damit wir ganz sicher sein konnten, was „Piston" heißt. So ein Wörterbuch gab es damals in Jaen nicht! Wir erwarben ein "Diccionario Aleman/Espanol", schauten noch im Laden unter Kolben nach und lasen: maza, culata, embolo, alambique, cilindrada, alzada del embolo, Kolbenrohr = espadana, Kolbenstoß = culatazo.

Von „Piston" war nichts zu sehen! Wir waren verunsichert! Der Buchhändler bemerkte unsere Betretenheit und agierte wortlos! Er telefonierte in einem angrenzenden Flur und bedeutete uns, sich nicht von der Stelle zu rühren. Es waren mindestens acht Gespräche, bis die Situation sich veränderte. Sein Gesicht entspannte sich, er lächelte, als er den Hörer auf das Gerät an der Wand hängte. Hurtig lief er zur Eingangstür und bedeutete uns, ihm zu folgen.

Er begab sich eilends zu seinem im Hinterhof geparkten Auto, öffnete die Beifahrertür weit und bedeutete uns einzusteigen.
Während er durch die engen Straßen Jaens brauste, dachte ich darüber nach, ob dies eine Entführung sei, dafür wäre ich gut genug gekleidet gewesen. Für alle anderen Anlässe hätte mein olivgrünes, gebatiktes Herrenunterhemd und die Jeanshose nicht ganz ausgereicht. Helmut hatte auch nichts Nobleres an.

Die Fahrkünste des Buchhändlers waren bewundernswert und ich hatte Angst um jene Unbekannten, die ahnungslos aus ihrer Eingangstür treten könnten, an der er nur wenige Zentimeter entfernt vorbeizischte.

Es passierte nichts!
Die letzte enge Gasse öffnete sich zu einem kleinen Platz und er bremste.

Er begleitete uns in eine kleine Kirche. Mit Sicherheit wirkte ich nach damaliger spanischer Auffassung für solch einen Gang unangemessen, weil schulterfrei, in meinem Achselhemd gekleidet.

Der Buchhändler geleitete uns links in ein geräumiges Zimmer, in dem eine Sitzgarnitur stand und einige Möbel, die man einem Büro zuordnen konnte.

Wir wurden von einem gestrengen Pfarrer empfangen, der uns unverhohlen taxierte und ich kam mir unter seinen Blicken noch unpassender gekleidet vor, aber er sprach deutsch.

Sicher konnte er mit einem Wort erklären, was ein „Piston" war und wir hätten diese unangenehme Situation überstanden, aber es dauerte länger. Der Buchhändler war schon abgefahren.

Der gestrenge Parroco hieß Emilio, war nur etwas älter als Helmut und fragte, wie alt und ob wir verheiratete wären. Wir hatten die Eheringe zu Hause gelassen, um auf andere, die wir während der süd-westlichen Europatour treffen würden, ungebundener zu erscheinen. Jetzt und hier wäre es angebracht gewesen, das Sinnbild für eheliche Sittentreue vorzeigen zu können. Nicht einmal Kinder hatten wir.

Irgendwie schien Don Emilio uns nicht recht über den Weg zu trauen, denn er sagte zu mir: „Vier Djahre biest du vereiratet? Aber biest du doch so djung!" „Das sieht nur so aus!"

Leider konnte er das fragliche Wort nicht übersetzen, zeigte seinen Besuchern Abbildungen von Motoren in Kraftfahrzeugbüchern, versicherte, dass er sehr genau wisse, um welches Teil es sich handelte, nur der deutsche Ausdruck war ihm nicht geläufig.

Nachschlagen in weiteren Wörterbüchern bewirkte auch keine Klärung.

Aber, um unsere Angaben zu überprüfen, griff er zum Telefon und rief die Garage Lopez an. Er überzeugte sich, dass wir in diesem Punkt nicht gelogen hatten.

Er wirkte leicht beschämt, als er uns erklärte, dass es öfter passiere, dass Touristen sich in Notsituationen an ihn wenden würden, weil sie glauben, die spanische Kirche sei reich. Früher traf das zu, jedoch sei die pekuniäre Situation längst nicht mehr gut. Die Bittsteller würden von dem Prunk der Altäre und den Prachtbauten irregeführt.

„Isch gebe immer etwas, auch wenn isch den Menschen nischt glaube. Egal, welsche Konfession!"

Uns, die auch noch Protestanten waren, was im damals erzkatholischen Spanien in jedem Gespräch erfragt wurde, konnte er nicht helfen. Wir wollten kein Geld und übersetzen konnte er nicht.

Jedoch half er uns in den folgenden Tagen, die Zeit zu zerstreuen.

Er hatte noch eine Woche Ferien und wir hatten Zeit in Hülle und Fülle.

So zeigte er uns die Umgebung von Jaen, führte uns in die Familien seiner Verwandten, seines Freundes, der Pfarrer am Domkapitel war und machte sich Sorgen wegen unseres Schlafplatzes in der Werkstatt. Irgendwie begriffen wir, dass er sehr nett und mutig war.

Im Verlaufe der Wartetage, wenn wir morgens unseren Kaffee auf der Terrasse einer Gaststätte tranken, deren Ober mit großer Geste Geldstücke von geringem Wert auf den Boden warf für einen alten Schuhputzer, der regelmäßig hier vorbei kam und eben so regelmäßig die Münzen aufsammelte oder auf unseren Gängen durch die Stadt, wurden wir mehrmals von Leuten in deutsch angesprochen. Wir fielen hier auf.

Unsere Gesprächspartner waren Gastarbeiter auf Heimaturlaub oder eine in Hamburg verheiratete Spanierin, die uns nach dem Grund unseres Aufenthaltes in Jean befragten und die uns, wenn auch in geringerem Umfang wie Emilio, über die Wartezeit von ungewisser Dauer hinweghalfen.

An einen der Deutschkundigen erinnern wir uns ganz genau. Er arbeitete in Deutschland und besuchte seine Frau und Kinder. In die Werkstatt war er gekommen, um einen Termin für eine Autoreparatur abzustimmen. Nur kurz würde er weg sein von zu Hause, da er am Nachmittag seine Frau aus seinem Dorf abholen und zu einem Prüfungstermin bringen musste. Sie würde an diesem Tag ihr Examen als Krankenschwester abzulegen haben. Er würde sie ganz bestimmt pünktlich chauffieren, hatte er ihr versprochen!

Ob das geklappt hat, wissen wir nicht. Wenn er es rechtzeitig geschafft haben sollte, wird er ordentlich zügig gefahren sein müssen, denn er wartete bis zum letzten Moment in der Garage Lopez auf den telefonischen Rückruf des VW-Werkes aus Vitoria.

Er drückte deutlich aus, dass er befürchte, man könne uns übervorteilen und so wollte er selbst mit dem Werk in Nordspanien telefonieren.

Ich dachte an seine Frau, die sicher wegen des Examens aufgeregt sein würde. Das Ausbleiben ihres Mannes wird die Nervosität noch verstärkt haben. Telefonieren ging nicht, da er zu Hause keinen Anschluss besaß. Wir bedankten uns für seine Liebenswürdigkeit und bat ihn mehrfach zu fahren. Aber er wartete und fuhr auf den allerletzten Drücker, um uns Fremden zu helfen.

Natürlich erfolgte an diesem Nachmittag kein Telefonat aus dem Norden.

Nach einer Woche hatten sie immer noch keine Ersatzteile und so brachte eine Freundin, die heute ein Taxiunternehmen betreibt, in halsbrecherischer Fahrt Hilfe aus Deutschland.

Der Einbau dauerte noch fast zwei Tage, weil die gebrauchten Kolben neu eingeschliffen wurden.

Kurzer Abschied von einem lieb gewonnenen Pfarrer, von hilfsbereiten Menschen, einer wunderschönen, sonnendurchfluteten Landschaft und die längst überfällige Abfahrt in die Heimat antreten! Die Reparatur war geglückt und hielt während der weiten Rückfahrt und darüber hinaus.

Seit dieser Panne sind wir Mitglied eines Automobilclubs und besitzen seit langer Zeit eine goldfarbene Mitgliedskarte.

Gottlob brauchten wir nur noch zwei Mal Hilfe in kleineren Kraftfahrzeugangelegenheiten in all den Jahren als Automobilclubmitglieder.

Ob man heute noch eine solche Hilfsbereitschaft erleben kann wie wir, ist ungewiss.

Vergessen haben wir sie jedoch bis jetzt nicht.

·